特選ペニー・ジョーダン

あなたしか知らない

ハーレクイン・マスターピース

東京・ロンドン・トロント・パリ・ニューヨーク・アムステルダム
ハンブルク・ストックホルム・ミラノ・シドニー・マドリッド・ワルシャワ
ブダペスト・リオデジャネイロ・ルクセンブルク・フリブール・ムンバイ

A REASON FOR MARRIAGE

by Penny Jordan

Published by Harlequin Japan,
a Division of K.K. HarperCollins Japan, 2024

ペニー・ジョーダン

　1946年にイギリスのランカシャーに生まれ、10代で引っ越したチェシャーに生涯暮らした。学校を卒業して銀行に勤めていた頃に夫からタイプライターを贈られ、執筆をスタート。以前から大ファンだったハーレクインに原稿を送ったところ、1作目にして編集者の目に留まり、デビューが決まったという天性の作家だった。2011年12月、がんのため65歳の若さで生涯を閉じる。晩年は病にあっても果敢に執筆を続け、同年10月に書き上げた『純愛の城』が遺作となった。

主要登場人物

ジェイミー・ブリアートン……………インテリア・デザイナー。
マーガレット・ブリアートン…………ジェイミーの母。
マーク・ブリアートン…………………マーガレットの再婚相手。
ジェイク・ブリアートン………………マークの息子。複合企業社長。
ラルフ・ハワード………………………ジェイミーの共同経営者。
アマンダ・ファーマー…………………ジェイクの婚約者。
ワンダ……………………………………ジェイクのガールフレンド。

1

「マークはおおげさなのよ、ベス」

ジェイミーは爪に二度目のマニキュア液を塗りながら、顔を上げた。従妹夫婦のブリストルの家に招待されて、たまたまスケジュールの空きと重なったので来たわけだけれど……。ジェイミーは、昼食の直後にこの家に着いて以来、しだいに大きくなっていく不安を押し隠して言った。

「わたしの名づけ子の話を聞かせてちょうだい。最後に会ってから、もう半年以上になるわ」

「誰のせいかしらね」ベスはむっとして切り返す。「わたしたち、クリスマスにはクイーンズミードに行ったのよ。なぜあなたは来なかったの、ジェイミー？　あなたのお母さまはとてもがっかりしてらしたわよ」

「仕事だったの」罪の意識がクールなまなざしをよぎった。「わたしだって行きたかったんだけど、ニューヨークでの契約が入ったものだから、どうしよ

「ジェイミー、あなたが来てくれたなんて最高よ。ずいぶん久しぶりね。でも、あなた、疲れてるみたい。マーク伯父さんの話だと、あなたは働きすぎですってよ」

義理の父の名前を従妹《いとこ》の口から聞いて、ジェイミーの口もとがほころぶ。ほかのひとたちから、そのひとたちの親の再婚話をいろいろ聞いてみると、自分はラッキーだったと思わずにはいられない。

もちろん、実父が亡くなったとき二歳にもなっていなかったことも、自分がすぐマークを受け入れたこととかかわりがあるだろう。でも、マークもすぐさま、わたしを実の娘のように愛してくれたわ。

うもなかったの」

よそよそしい、いくらかお高くとまっている自分の声を聞いて、ジェイミーは一瞬ヒステリックに笑い出したくなった。自分でつくり出したイメージには違いないけれど、嘘《うそ》つきね！　とはいえ、そのイメージの陰に長いあいだ隠れてきたのだから、いまはほとんど自分の一面でもあるけれど。

いまでは一族の誰もが、ジェイミーを成功したビジネスウーマンだと信じている。マニキュアをした長い爪を見つめながら、ジェイミーはため息をのみこんだ。クイーンズミードの広い庭を駆けまわっていたおてんばだったころの自分を思い出す。

でも、それは十年前のこと。あのおてんば娘といまの自分とのあいだには、橋を架けるすべもない裂け目が横たわっている――そうなることを望んだのは、ジェイミー自身だった。

「娘だったら、明日、直接つき合ってごらんなさい。それより、あなたのことを話して。マーク伯父さんったら、あなたのこととなると、もう鼻高々。ジェイクより誇りにしてるんじゃないかと思うときがあるくらい。いつか『家庭と園芸』誌に載ったあなたの記事、読んだわよ。あなたがインテリアを担当したお部屋の写真、すてきだったわ」

その記事はよく書けていて、ジェイミーの小規模なインテリアの会社に、ささやかながら注文が来るきっかけになったものだ。それでなくても、昔ながらのペンキ仕上げのインテリアは、時とともに復活しはじめていたけれど。

インテリアデザイナー志望からペンキ仕上げの伝統的な装飾技術の革新という仕事に切り換えたことについては、一度も後悔したことはない。いまや流行の先端と言ってもいいのだから。

「あなたがここにいるあいだに知恵を貸してもらわなくちゃ」ベスがことばを継いだ。「この家に引っ越してきたとき、わたしたちだっていろんな計画を立てていたのよ。でも、リチャードが忙しいものだから、まだ壁紙をひと巻き買っただけ」

リチャードはベスの夫で、おちついた頼りになる男性だが、独立して事業を始めたばかりだから、インテリアまで手が回らないのは当然だった。

「明日、いっしょに家を見てあげる」

「うらやましいわ。あなたって、いつ見ても華やかで」

「うわべだけよ、ベス。華麗で豪華なイメージを発散するのもビジネスのうち、それだけの話だわ。わたしはちっとも変わってないわよ」

「そうね、わたしにはわかってるけど……。ジェイミー、クイーンズミードにはずいぶん帰ってないんじゃない?」

「ヨークシャー・デイルズはロンドンから遠すぎるもの」何かがベスの目をかすめたのに気づいて、ジェイミーはびくっとする。「どういうこと、ベス? 家で何かあったの? 母? それともマーク?」

義理の父をマークと呼ぶようになったのは、いつごろからだろう? ジェイクのまねをしたのだから、自分のしていることの意味さえわからないころからに違いない。

あのころ、ジェイクはわたしにとって神にも等しい存在だったわ。怖いほど堂々としたひとを〝兄〟と呼べることが、どんなに得意だったか……。たしかに、信じられないほどわたしはうぶだったってことね。

「わたし、何も言ってはいけなかったのに……。マークなのよ、ジェイミー。しばらく前から胸の痛みを訴えていて、医者に見せたら心臓病だって言うの。重くはないんだけど、心配事がいちばんいけないって言われて、あなたのお母さまは引退なさいって説得してらっしゃるわ。会社は全面的にジェイクに引き渡しなさいって」

こんなニュースを従妹を経由して受けとるなんて傷つくけれど、罪はほかならぬ自分にあった。故意に家との間に距離を置くようにしたのも、できるかぎり遠くに離れていられる職業を選んだのも、自分なのだから——でも、母には定期的に電話をかけるようにしていたのに。

「お母さまは、あなたに心配させたくなかったのよ。マーク伯父さんとあなたがどんなに仲がいいか、知ってらっしゃるものだから」

「そうね。でもマークにペースを落とさせるなんて、母はいったいどんな手を打つつもりかしら？」

「ジェイクもまったく同じことを言ってたわよ。おかしいわね、あなたたちふたりは必ず同じ反応を示すくせに、ふたりがいっしょにいると何ひとつ同意できないなんて……。わたしの結婚式のときなんか、あなたたち、すんでに喧嘩《けんか》を始めるところだったわよ」

ジェイミーは顔をそむけ、マニキュアの仕上げ塗りにかかった。

「そうだったわね。いつだって、あんなふうなの」

「いいえ、昔はそうじゃなかったわ。ジェイミー、どうしてあなたたち、仲よくできなくなったの？あなたのお母さまもマーク伯父さんも、とても心を痛めてらっしゃるわ。ふたりとも、あなたとジェイクを深く愛してらっしゃるから……。一族の集まりがあるときは、いつだってあなたかジェイクのどちらかの姿はあるけど、ふたりいっしょにいることは一度もないでしょ？　まるで、あらかじめ打ち合わせてるみたいに」

「まあ、そんなことがあるものですか」激しい口調で言ってしまってから、従妹の傷ついた表情に気づく。「ごめんなさい、わたし、ちょっと神経質になってるものだから。飛行機旅行がだめなのね。とりわけ大西洋航路は最低。時差のせいで、まだ調子が戻っていないんだと思うわ」

うつむいたジェイミーの、ダークレッドの髪の絹のような光沢を見守りながら、ベスは巧みに話題を変える。

「いったいどうすれば、そんなにきれいにマニキュアができるのかしら？」

「なんでもないことよ。いい目と、経験を積んだ手先があればいいの。それに、自分の爪も満足に塗れなかったら、わたしにインテリアを頼むひとがいると思って？」

「でもわたし、ほかのことはともかく、そんなに長く爪を伸ばすことさえできないわ」

「あら、わたしがどんな贅沢《ぜいたく》な暮らしをしているか、お見通しってわけ？」

ジェイミーはわずかに片方の眉を上げてからかった。

ベスは心の中でつぶやいていた――ひとりの人間に何もかも与えられてるなんて、フェアじゃないわ。従姉《いとこ》のせっかくの女性的な魅力にしても、彼女は公然と結婚するつもりはないと宣言してるんだし、そもそも愛を信じていないというのでは無駄じゃないの。

ジェイミーはいわゆる美人ではないかもしれないけれど、単なる美人以上の何かがあるわ。彼女を見てると、深くて静かな池を見ているみたい。思わず息を詰めて、なめらかな水面にかすかなさざ波が渡るのを待ち受けたくなるくらいだもの。

でも、昔はこうじゃなかったわ。ティーンエイジャーのころはおてんばで、木登りをしたり駆けっこをしたり、生傷の絶え間がなかった。紫の目は笑っていたし、豊かな唇はよく動き、動作は活発だった。

十歳のころ、十四歳の従姉をどんなにうらやましく思ったことか。とりわけ、義理のお兄さんと仲のよいことが、うらやましくてならなかった。ジェイクは大学生なのに、自分の時間の大部分をジェイミーと過ごしていたわ。わたしがひとりっ子なものだから、とりわけそう感じたのかもしれないけれど。

でも、仲のいいふたりにも、どこかで何かが起きたんだわ。いまは……ジェイミーにジェイクの話をすると、貝のように口を閉じてしまう。ジェイクにジェイミーの話をしても、皮肉っぽい笑みを浮かべるだけ。

「贅沢って？」ベスは心の中を見すかされまいと、やんわり切り返す。「いつからの話？　あなたがそういう印象を与えたいと思っているのは知ってるけど、それにしては働きすぎよ。マーク伯父さんだってそう思ってるわ」

「マークはいいひとだけど、こと女性の問題になると古風なのよ。女性はすべからく、わたしの母みたいに、夫を、家庭を、家族を求めるべきだと思いこんでるんだもの」

ジェイミーは顔をそむけ、目を伏せて表情を隠した。昔はわたしも、そういうものを求めていたわ。愛し愛されること以上に、人生に望むものなんてなかったのに。

「カルシウムの錠剤を試してみたら？」

「カルシウムの錠剤って？」

「あなたの爪の話」

「この週末のプランはまだ立てていないの」ベスはまた話題を変えた。「今夜はあなた、早めに寝たいんじゃないかと思うし、明日は友達が何人か夕食に来ることになってるものだから……。わたし、すばらしい従姉を見せびらかしたくて、うずうずしてたのよ。もちろん、ジェイクも来るけど……話さなかったかしら、ジェイクのいちばん新しいガールフレンドの一家が、すぐ近くに住んでるってこと。いい娘さんよ。わたしに言わせれば、ジェイクには少し若すぎるけど。とてもかわいいのに、なかなかの野心家なんですって」

よそ見してて助かったわ、とジェイミーは鼓動が速まるのを抑えようと努めながら思った。ジェイクがここに来るなんて……いますぐ逃げ出したいけれど、ベスの手前、とても……。

「ジェイミー、だいじょうぶ？　顔が青いわ」

「赤毛だとそう見えるのよ。マークの具合が悪いのに、ジェイクが週末をよそで過ごすなんて、驚いたわ」

「ああ、それなら、仕事がらみのせいよ。アマンダのお父さんは、自分の会社とブリアートン・プラスチックとの合併を考えているらしいから。ジェイクとアマンダもその縁で出会ったわけ。アマンダの両親はふたりが結婚してくれることを願ってるの。でも、アマンダはいい子だけれど、まだ十九だから若すぎるし、わたしの勘ではジェイクも結婚はしないわね。もちろんマーク伯父さんはジェイクが結婚すれば大喜びだろうけど。あなたのお母さまともども、お会いするたびに、子供たちはふたりとも、孫の顔を見せてくれそうにないってこぼしてらっしゃるくらいだから」

「まず、そうはならないでしょうね」

ジェイミーはさりげなく相槌《あいづち》を打ち、ベスに心の垣根の内側を見すかされないようにと祈った。ジェイクが結婚するなんて……苦痛がはじけ、体がばらばらに引き裂かれそう。

六年もかけて完璧《かんぺき》に仕上げたはずの心の垣根はどうなったの？　ジェイクが結婚する日がくることくらい、わかっていたはずでしょう？　いったい、わたしはどうなってしまったの？

六年前、ジェイクが結婚を考えていたことは、自分でも知ってるはずよ。彼は、父親が築きあげた会社を引き継がせる息子が欲しいと言ってたもの。ジエイクは野心満々で、あとへは引かないって感じだったわ。そして、とても残酷で……。

でもいまは、あのときの苦痛も卒業したはずでしょう？　わたしが愛したジェイクは、実際は存在していなかったんだし、ただの見せかけにすぎなかった……。

少なくともわたしは手遅れにならないうちに真相に気づいたんだもの、野心と貪欲《どんよく》の結婚のわなに落ちる前に……ジェイミーはこの六年間自分に言い聞かせてきたことばをくり返した。

もう、十八歳のときみたいにうぶじゃないわ。世間も見てきたから、自分自身の利益のために結婚するのが何もジェイクひとりではないこともわかっているけれど、故意にわたしを欺いた彼の残酷さだけはどうしても……。

「まあ大変、電話よ。しばらくここで休んでいてね、あとで紅茶を持ってくるわ」

来客用の寝室にひとり残されると、ジェイミーは窓辺に歩みよった。美しい田園風景も目に入らない。そのアマンダってひと、ジェイクの本当の顔を知っているのかしら？　それとも、わたしと同様に欺かれているの？　あのものうげな見せかけの笑みに、クールな緑の目がふいに燃えたつさまに、そしてあの唇に……。

目を閉じて心の中の思いを締め出し、ふらっとして出窓の棚につかまる。なんてこと、とっくに卒業したはずでしょう？　いまはもう、あのころの純真でひとを信じやすい愚かな娘とは別人になったんじゃなかったの？

それなのに、なぜ、こんなに鼓動が激しくなるのだろう？　なぜ、こんなにもはっきりと、ジェイクの唇の感触がよみがえってくるの？

唯一の救いは、真相に気づいたとき、誰にも自分の愚かさを知られていないということだった。ふたりが恋人同士だったことも、ジェイクが愛のことばをささやき、結婚を約束したことも。

ジェイクの愛人がやって来て、真相を明らかにしたのだった——ジェイクがわたしと結婚するのは、父親が財産を実の息子と義理の娘に平等に遺《のこ》すつもりでいることを知ったせいだと。

ワンダの言うことなんか信じたくなかった。彼女が嫉妬《しっと》して、ジェイクを中傷しているだけだと思った。でも、そのことを話そうとジェイクのフラットを訪ねたとき、ロックしてなかったドアを開けて最初に目にしたのは——抱き合っているジェイクとワンダの姿だった。

もちろんジェイクはわたしに気づき、呼びとめようとしたけれど、わたしは狂ったように車まで駆け戻り、ヨークからクイーンズミードまで飛ばしたんだったわ。

マークと母は、そのとき一カ月の休暇を取ってバーミューダに出かけていた。だからこそ、ジェイクとわたしは結婚の計画を誰にも話さず、両親が帰ってきたときにびっくりさせるつもりでいたわけだけれど。

そのころわたしはヨークに本社のあるインテリアの会社でパートタイムの仕事をしていたが、屈辱と心痛のあまり、もうジェイクと顔を合わせることはできないと思った。

ジェイクが追ってくるのはわかっていたから、家に帰ることもできなかった。わたしは南に向かう高速道路に車を乗り入れていた。給料はたいしたことなかったけれど、マークから小遣いをもらっていたし貯金もあったから、気持の整理がつくまで安いホテルに滞在するくらいのことはできた。

住所を書かない手紙を雇主に出し、ロンドンで働きたいからと辞職を伝えた。二通目は両親にあてて、もっとくわしく将来の計画を伝えた。三通目がジェイクあてで、まだ家庭におちつくつもりはないし、自由と職業が欲しいとだけ書いた――プライドからも、ワンダから聞いたことなど書けなかった。

両親が三週間後に帰ってきたときには、もうペンキ仕上げの技術を学ぶクラスに入り、カレッジの伝言板で見つけたフラットに女友達ふたりといっしょに住むようになっていた。長い髪を肩の上で切り、衣装を総入れ替えして、なんの気苦労もない仔馬《こうま》のようなイメージから、クールで世慣れた女性のイメージに変わっていた。

最初、両親はうろたえ、とりわけマークはわたしを近くに住まわせたがった。なんといっても、わたしは自分で生活を立てる必要もなかったのだから。そして自分としても、ジェイクと顔を合わせることになるという事情がなかったら、家に帰らないでがんばりとおせたかどうかわからない。

多忙な六年間だった。カレッジで親友になった同級生のラルフ・ハワードと、共同で事業を始めたせいである。ふたりは恋人同士だという噂《うわさ》も立ったが、事実は気の置けない兄妹の関係に似ていた。

猛烈に働いたおかげで会社は成功し、ふたりの社交生活も多忙だった。パーティーの大部分は仕事がらみで、ふたりはいっしょに出席した。目をみはるカップルに見えることは、ジェイミーもちゃんと知っていた。

ラルフは長身で金髪、一年じゅう日焼けしていて、青い目は笑みを絶やさない。筋肉質で大柄だから、ラグビーの選手のように見える。ジェイミーを壊れやすい磁器のように扱う男性たちを、ラルフは面白がった。百六十センチで骨格が小さく足も小さいものだから、ジェイミーは危うげに見えるだけなのだ。

ジェイミーはラルフと恋人同士だという噂を一度も否定したことがない。いやな男性を、怒らせずに近づけないでおく、うまい手だったからだ。ラルフ自身はジェイミーのセックスライフをふしぎがっていたけれど、それ以上にプライバシーを重んじる紳士だった。

ラルフはジェイミーの過去を何ひとつ知らず、ジェイミーもジェイクのことはひとことも話さなかった。もちろんラルフは家族のことは知っていて、母がジェイミーを連れて十一歳の男の子のいるやもめの雇主と再婚した事情にも通じている。

サラの洗礼式にいっしょに行ったから、ラルフはベス夫婦ともジェイクとも会っていた。ジェイクも名づけ親をつとめたので、先にサラを抱き、次いでジェイミーに手渡したわけだけれど、それ以外のときはお互いに断固として近づこうとしなかった。

まったく、ジェイクの傲慢《ごうまん》さときたら、信じられないくらいだったわ！　本音がばれてるからいらだたしいのかどうか、わたしを冷ややかな嘲《あざけ》りの目で見るなんて。

もしわたしがマークに告げ口したらどうなるか、ジェイクは一度でも考えたことがあるのかしら？　あなたの息子がわたしを誘惑したんです。わたしには愛していると信じこませておきながら、本当はわたしの分け前の財産がねらいだったんです。

もちろん、そんな告げ口はできなかった。両親ともジェイクに夢中だから。とりわけマークは名誉を重んじるひとだから、息子がそれに値しない人間だとわかったらどんなに傷つくことだろう。

それで、わたしは沈黙を守り、無理やり自分を新しい人生に向かわせることにしたんだわ。新しい生き甲斐《がい》を見つけるようにしむけたのだ——仕事と成功こそ、人生の目的だと言い聞かせて。

晩秋の日暮れは早い。そのうえ、過去を思いうかべると、いつもながら暗い絶望に胸が痛む。もう六年も前のことなのに、いまだに心の痛みを隠すべも学んでいなかったなんて。

同じような悪い夢を見て立ちなおった若い女性はいくらでもいるのに。彼女たちはほかの男性を見つけ、新しい人間関係をつくっているのに――なぜわたしは、心の中からジェイクを追い出せるような男性を、ひとりも見つけられないのだろう?

きっと、裏切りがはるかにこたえたせいなんだわ。ジェイクは初恋の相手であっただけでなく、兄でもあり頼りにできる友達でもあったわけだし――そのすべてを、裏切りでいっきょに失ってしまったことになるのだから。

なお悪いことには、頭がどうかなりそうなくらい熱烈に盲目的にジェイクを愛していたために、ワンダのことばなどまったく信じなかった点だろう。自分より前にジェイクには何人か恋人がいたことくらいわかっていたのだから。

彼はわたしより八歳年上で、家を離れて大学生活を送っていたし、何よりも強烈な性的雰囲気の持ち主だから、品行方正な生活を送ることなど、実際無理だとわかっていた。

ジェイクと結婚する女性は気の毒ね。ジェイミーは辛辣《しんらつ》に考える。忠実な夫でいる期間はそんなに長くないはずだもの。うぶな十九歳の娘が相手なら、なおさらだわ。

愛し合っているときは気づかなかったけれど、いま振り返ってみると、ジェイクの愛撫《あいぶ》にはいつもわずかに自制している感じがあった。わたしに経験がないのが、重荷になっていたんだわ。

あのときは、ジェイクに愛されている喜びにすべてを忘れて、与えるばかりだった――指先で触れられるだけで喜びと幸せに満たされるものだから、ジェイクも同じだとばかり信じていたくらいうぶだった。

彼はとても忍耐強く、注意深く、優しかったけれど、それもいま考えてみれば当然の話だった。わたしを怖がらせては目的のものが手に入らなくなってしまう――それに、ジェイクには、わたしが満足させられない欲望を満たしてくれるワンダみたいな女性たちが、いつだっていたんだもの。

ふいに、ぶるっと震えてジェイミーは窓辺を離れた。心が危険な道をさまよっていることに気づいたからだった。過去はとっくに葬ったのに、いまさらよみがえらせてはならないと思う。

ジェイクの腕の中では喜びに震え、愛撫を待ち受けていたというのに、そのあとの六年間にデートした男性たちは、誰ひとり、ほんのかすかな性的興味さえわたしに抱かせなかった。

まるで、性に関する部分が凍りついてしまった感じだ――とはいえ、セックスとは結局のところ、食欲と同じではないだろうか？　食欲がないからって嘆きに沈むひとがいるかしら？

八時間の睡眠を必要とするひとがあるかと思えば、わずか二時間の睡眠でやっていけるひとだっているんだもの。わたしだってセックスなしで暮らしていける――要するにそれだけの話なんだわ。

そうかもしれないけれど、愛についてはどう？

心の中で小さな声がつぶやく。でも、結局のところ、愛って何？　ジェイクが呼び起こした気の遠くなるような危険な感情なら、そんなもの、ないほうがうまくやっていけるわ。

でも、わたしの場合、なくなってはいないのよ。誰かがジェイクの名前を口にしただけで、筋肉がこわばり、鼓動が速まるんだもの。家を出たあと用心深くジェイクを避けてきたのも、ジェイクをいやがっていたんじゃなくて、いまだに彼に対して傷つきやすい自分を見抜かれるのが恐ろしいからだった。

ジェイクに自分の感情を知られないかぎり、なぜか安全だという気がしているけれど――でも、ジェイクにとっては、わたしがどう感じていようと、別になんでもないのかもしれない。一度もわたしに連絡を取ろうとも弁解しようともしなかったのだから。

ジェイミーが手紙を出してすぐ、折り返しジェイクから手紙が来たけれど、読まないで破り捨ててしまった。結婚しておちつくには若すぎる気がするという嘘を、あのときジェイクは見抜いただろうか？ プライドを救うための嘘だということくらい、もちろん彼にはわかったはずだ。

そうなると、彼がわたしに会おうと試みさえしなかったことも、弁解ひとつしなかったことも、ワンダのことばが正しかったのを証明するものではないだろうか？ そのジェイクが、明日、ここにやって来る――新しいガールフレンドをともなって。

ジェイクと顔を合わせる気力があるかしら？ とはいえ、ほかにどうしようがあって？ いま逃げ出せば、ベスに疑われてしまう。一族の誰も、あの恍《こう》惚《こつ》の一カ月については知らないんだもの、何ひとつ恐れることはないじゃないの。

ジェイクのフラットで彼に抱かれて横たわり、ささやきにぼうっとなっていたわたしを知っているのは、ジェイクとわたしだけ。ジェイクはわたしに言った――きみが大人になるのを待っていたんだよ。ただ義理の兄としてだけ見ることをやめてくれる日を。

すでに日は落ちていた。腕時計を見ると、一時間ももの思いにふけっていたことがわかる。ベスはきっと、わたしが何をしているのかふしぎに思っているでしょうね。

ジェイミーはベッドの上に置いたスーツケースを開ける。ロンドンの自分のフラットにはちょっと立ちよっただけで、シャワーを浴びて荷物を詰め替えると、その足でブリストルに直行してきたのだけれど。

ニューヨークでは時間に余裕があったから、お土産は買ってあった――ベスにはセーター、名づけ子にはかわいいお人形。

そういえば、カルヴァン・クラインのドレスも買ったんだわ。濃い藤色のシルクジャージーの粋《いき》なドレスで、体にぴったりしてセクシーだし、わたしの瞳の色も引きたててくれる。明日の夜はこれを着ましょう。心の中はともかく、ジェイクには昔のジェイミーなどもうどこにもいないことを、はっきり見せておかなくては……。

「サラが目を覚ましたわ」

ドアの外からベスが声をかけた。ジェイミーはクールでおちついた表情をつくってドアを開けた。ベスはブロンドで青い目の赤ちゃんを差しあげる。

「まあ、ずいぶん大きくなったわね」

「お風呂の時間なの。何もおかまいできなくてごめんなさい。もし階下《した》がよかったら……」

「そんなことより、サラのお風呂を手伝わせてちょうだい。なんといっても、わたしはこの子の名づけ親なんですもの。そうそう、ニューヨークからお土産も買ってきたのよ」

柔らかな頬をそっとつつくと、小さな娘はにっこり笑った。

2

「まあ、すごいドレスね！」翌日の夜、ジェイミーがドレスアップして階下に下りていくと、ベスが羨《せん》望《ぼう》と感嘆に目を丸くして迎えた。「いったいどうしたら、そんなにスリムなままでいられるの？　わたしなんか、少なくとも三キロは太りすぎなのに」

「たとえそうでも、ぼくはそんなきみが好きさ」

ジェイミーのあとからキッチンに入ってきたリチャードが、ベスに歩みよってキスした。彼はぬいぐるみの熊《くま》みたいだけれど、なかなかどうして抜け目のないビジネスマンで、妻と小さな娘を心から愛しているようすがほほ笑ましい。

「うん、うまそうなにおいがするぞ」

「ジェイミーにお礼を言って。今夜の食事は彼女がつくってくれたのよ」

全員で八名になることは聞かされていた。ジェイクとガールフレンド、地元の医師夫妻とそこに滞在中の奥さんの弟、それにジェイミー自身とベス夫妻である。医師夫妻の弟のイアン・パーソンズという地質学者が、ジェイミーのディナー・パートナーになるのだろう。

ベスの与えてくれた予備知識は、かなり漠然としたものだった。イアン・パーソンズは外国で仕事をしていたが、一年半前に交通事故で妻を亡くし、自分も重傷を負ってリハビリ中らしい。

「もの静かで内向的なひとね。事故が離婚話の最中に起きたものだから、奥さんの死は自分の責任だと自分自身を責めてるらしいのよ——言い争いさえしていなかったら、奥さんも事故を起こしたりしなかったはずだって……」

ジェイミーがキッチンでクレープの焼け具合を見ているとき、玄関のベルが鳴った。ベスが玄関のドアを開け、客の声が聞こえたとたん、うなじのあたりがぴりぴりした。ジェイクが来たんだわ！

キッチンにいたので、あいさつに出なくてすんで助かった。でも、そのために料理係を買って出たんじゃなかったの？　ほかのひとはともかく、自分まではだませないわよ。

「うまそうなにおいがするぞ」

リチャードと同じ台詞《せりふ》だったけれど、ビロードのような声、からかうような口調はジェイクのものだ。全身に痛みが走り、ジェイミーは裏口から逃げ出したくなった。

キッチンのドアが開いて三人が入ってくる。ジェイミーは入口に背を向けて調理に熱中しているふりをしていたが、実際はジェイクの存在をまざまざと意識していた。第六感で彼がいちばん近くにいることまでわかり、覚悟を決めて向きなおる。

「ジェイク」完璧《かんぺき》に社交的な微笑は、喜びではなく礼儀正しさの表現だった。「やっぱりあなたの声だったのね」

握手の手を差しのべる代わりにスプーンを握りしめる。ジェイクったら、超能力の持ち主みたい。クールで皮肉な視線をじっと受けとめながら考える。わたしからエネルギーと抵抗力のすべてを吸いとってしまいそうだわ。

最後に会ったのはサラの洗礼のときだけれど、わたしはあのとき、ほんのわずかな時間しかいっしょにいなかった――アメリカに飛ぶジェット機の時間を口実に、そのあとのパーティーにさえ出席しないで帰ったんだもの。

ジェイミーはだしぬけに、ひどく暑く感じた。ジェイクは緑の目を細めて、ゆっくりと視線を、ジェイミーの胸にはりついたシルクの布地にさまよわせる。

「ジェイミーってきれいでしょう？」

ベスまで緊張した空気に影響されたように、甲高い声になっている。ジェイクはジェイミーから目を離さず、クールに答える。

「痩《や》せすぎだな」

感情も感覚もないマネキン人形を批評するような口調だった。まるで引き裂かれるように心が痛む。

ジェイクに頭ごなしにやられちゃだめよ。彼は昔かららわたしを支配するのが好きだったし、いまだってわたしを侮辱する喜びのためだけにでも、それをくり返しかねないわ。そうはさせるものですか。ジェイミーは大きく深呼吸をした。

いまではわたしだって世慣れたビジネスウーマンで、口もきけないで相手に夢中になっている子供じゃないんですからね。スプーンを置き、ジェイクとベスのあいだにおちつかないそぶりで立っている美しいブロンドの娘に話しかけた。

「誰もわたしたちを紹介してくれないみたいね」笑顔で言いそえる。「わたし、ジェイミー。あなたがきっとアマンダね」

娘は、ジェイミーにとって昔の自分を見るようだった。色白で子供っぽい丸顔。アマンダは無邪気に笑みを返す。

「お目にかかれてうれしいわ。あなたのお母さまやジェイクのお父さまから、ずいぶんお噂《うわさ》はうかがってます」

心の痛みが不意打ちのようにジェイミーを襲った。ベスからジェイクが身を固めるつもりでいることは聞かされていたのに、信じてはいなかったせいだ。でも、ジェイクがアマンダを連れてクイーンズミードに行ったことは明らかになった。

「おふたりとも、あなたのことをとても誇りにしてらっしゃるわ……わたし、あなたがうらやましくって。あなたがなさってるようなエキサイティングな仕事ができたらどんなにいいか……。父ったら大学にさえ行かせてくれないんですよ。わたしには働く必要がないんだから、ほかのひとの仕事を奪っちゃいけないって言うんです」

ふたたび玄関のベルが鳴った。ジェイミーは調理台に向きなおり、ベスは皆を連れてキッチンを出ていく。顔合わせは無事終わったのに、ジェイミーはくつろぐことができなかった。神経が痛いほど締めつけられたままだった。

「ベス」キッチンのドアがまた開く音を聞いて、ジェイミーは震える声で言った。「ひどい頭痛がするの。あなた、お野菜を見ててくれない？　わたし、二階に行って痛みどめの薬を飲んでくるから」

「ベスはみんなに飲み物を出すために手が離せなくてね」ジェイクの声に、ジェイミーは凍りついた。危険が迫っているのに身動きできない感じだ。「きみの希望の飲み物をきいてきてくれって言われたんだが」

「ベスったら、わたしたちはふたりともサラの名づけ親なんだからもっと仲よくできるはずだと思ってるみたいね」

ありがたいことに、調理という口実があるので振り返らなくてすむ。ジェイクはジェイミーの皮肉など無視してぴしゃりと言った。

「マークがきみのことを心配している。父の具合がよくないことは知っているんだろう？」

「ええ。昨日の夜、ベスから聞いたわ。どんな具合なの？」

もはや向きなおって顔を合わせるしかなかった。氷のように冷たい目に怒りと侮蔑《ぶべつ》がみなぎるのを見て、思わず顔をそむけそうになる。

「ずいぶん心配してるってわけか？　両親に会いに行ったのはいつのことだ、ジェイミー？　一年前か、

「一年半前か?」

「わたし、忙しかったから……」

「たわごとはよせ!」ふいにジェイミーの両腕をつかむ。「きみが家に帰らなかったのは、ぼくに会いたくなかったからだ。そのほうが、ずっと真相に近いんじゃないのか?」

腕の痛みと、自分の気持を見すかされた屈辱に息も詰まりそうだけれど、じっとジェイクの目を見返す。いまは侮辱は消え、そこには怒りしかなかった。

ジェイミーは深呼吸をして心を静める。

「ばかなことを言わないで、ジェイク」

「ほほう? じゃ、証明しろよ。クリスマスには家に帰ってこい」

いやよ、ということばが舌先まで出ていたけれど、声にはならなかった。最後に家でクリスマスを過ごしてから、もう六年になる。一族が集まるクリスマスが大好きだったのに。

「一生に一度くらい、自分のことしか考えない態度をやめて、まず誰かのことを考えてみろよ。マークは病人で、きみに会いたがっているんだぞ、ジェイミー」

茫然《ぼうぜん》と、ジェイミーはジェイクの顔を見ていた。口は真一文字に結ばれ、目は暗く陰っている。豊かな黒髪はカットしたほうがよさそうだ。一瞬、磁力から自由になってみると、ジェイクは疲れているように見えた。

ジェイクが手を離す。衝動的に、ジェイミーは手を差しのべて額のしわを伸ばしてあげたくなった。が、同情を苦々しい思いが圧倒してしまった。わたしを批判するのはたやすいでしょうよ。家に帰って苦しみに耐えなければならないのは、あなたじゃなくてわたしなんですからね。

「あのう……」

「きみが心配しているのがぼくのことなら、そんな必要はない。アマンダも来ているはずだから、ぼくの相手をしなきゃならないんじゃないかと心配することもないわけだ。来るんだぞ、ジェイミー。きみが家に寄りつかないことで罰しているのは、ぼくじゃない。見かけは洗練されたビジネスウーマンかもしれないが、きみの中身は昔と同じ、ふくれっ面をした甘やかされた子供のままだ」

ジェイミーはキッチンを出ていくジェイクを見つめていた。泣くまいとして喉が痛む。よくもわたしを非難できたものね？　あなたにあんな残酷な仕打ちをされたのを、なんでもないことのように忘れろって言うの？

夕食がすみ、ほかのお客が帰ったあと、ジェイクがさりげない口調で発表した。

「そうそう、今年のクリスマスにはジェイミーもクイーンズミードに来るって話、聞いたかい？」

違うとは言わせないぞというように、ジェイミーをにらみつける。ベスはすっかり興奮して、ふたりの顔を見つめた。

「マーガレット伯母さんがどんなにお喜びになるかしら。ジェイミー、とてもあなたに会いたがってらっしゃるのよ。もちろん、わたしたちも行くわ。よかったら、わたしたちの車でいっしょに行かない？　まだ二カ月も先のことだけれど……」

「ジェイミーはぼくの車に乗せていく。どうせ、アマンダを迎えにロンドンまで出てくるからね」

つまり、いざとなったとき逃げ出す口実も与えないってわけね。ジェイミーはジェイクの視線を避けながら心の中でつぶやいた。

「あなたもいらっしゃるなんて、うれしいわ」隣に座っていたアマンダが笑顔でささやいた。「ジェイクって、ときどき、とても意地悪になるんですもの。わたしの父は大金持ですけど、経済は女の手に負えないって考えてるの。すごく古風なんだから。わたしを結婚させたがっていて、ジェイクを理想的な相手だと思ってるみたい。こんなこと、あなたにお話ししていいかしら……わたし、ジェイクは好きよ。でも、とても怖いの。ときどき、わたしがいるのも忘れてるみたいなこともあるし……それに、彼はわたしを愛してもいないわ」

「それじゃ、何も心配することはないんじゃないの?」

ジェイミーは悪い冗談に巻きこまれたような気分だった。なんだってアマンダは、打ち明け話の相手にわたしを選んだりするのかしら? アマンダを見やると、相変わらず不安げだった。

「ジェイクは結婚を望んではいるの。息子を欲しがってるわ。お父さまに孫の顔を見せてあげたいからだと思うんだけど……。あのね、つまり、ジェイクはいったん言い出したら聞かないひとだから。そうでしょう?」

そう、そのとおりよ。ジェイミーは心の中で答える。誰かに反対されたりすると、ジェイクはひどくかたくなになって一歩もあとに引かないところがある。この若くて内気な娘がたちまち彼に圧倒されてしまうのは目に見えるようだ。とりわけ、両親までがこの結婚に乗り気なのでは。

「わたし、まだ結婚するまでには成熟してないって気がしてるんです」アマンダの打ち明け話は続く。「せっかくの人生だから、何かしたくて。まだ何をしたいのかもわからないんだけど、結婚ではないことだけはたしか。もちろん、最初はジェイクみたいなひとが興味を示してくれたことにぼうっとなったわ。でも、彼、本当にわたしを求めてるわけじゃないのよ。わたし、来週、ママとロンドンにクリスマスのお買い物に行くんです。あなたに会いに行っていいでしょうか? わたしには誰も話し相手がいないの。あなたはジェイクの義理の妹さんだから、彼のことはよくごぞんじでしょう？」

この娘がジェイクに抵抗できないことはよくわかる。もしジェイクが意思と個性のすべてをもってぶつかったら、ひとたまりもあるまい。ジェイミーの良識は、巻きこまれてはだめよ、と言う。もっと心の痛みを味わうことになるだけよ、と。

ジェイミー自身、アマンダの娘らしい打ち明け話の相手になどなりたくなかった。それなのに、苦しそうな青い目を見ていると、心が揺らぐ。ジェイミーは思わず自分の住所と電話番号を書いていた。そのあいだも、いったい何をしているのかと、自分でもあっけにとられながら。

「きみ、アマンダとすっかり仲よくなったみたいじゃないか。アマンダのこと、どう思う？」

振り返るまでもなく、ジェイクだとはっきりわかった。彼が近くに来るたびに、ジェイミーは微妙な電波を感じるのだ。ベスと話しているアマンダを見やってから短く答える。

「チャーミングね」

「つまり、ぼくにはチャーミングすぎる相手だって言いたいわけだな」

「チャーミングすぎるし、純真すぎるし、とてもとても傷つきやすいひとね。でも、もちろん、とっくにあなたにはわかってることでしょう？　ほんの少し心配なのは、彼女、頭もいいってことよ。もし彼女が気づいたら、あなた、どうするつもりなの？」

「なんて女だ……。きみは、いまだにひとり暮らしなのか？」

「好きでしてるのよ」

「相変わらず野心的なキャリアウーマンってわけか。もうそろそろ、その夢も色あせたと思っていたんだがな。ぼくは、きみが大人になっていくのをじっと見ていたというのに、きみの野心がそんなに強烈だということに一度も気づかなかったなんて。考えてみればふしぎだな」

「ふしぎでもなんでもないでしょ？　わたしだって、あなたの中にいろんなものがひそんでいることに、一度も気づかなかったもの」

ジェイミーの口調にこめられた刺《とげ》のある侮辱に眉を寄せながら、ジェイクは前に回ってそっとたずねる。

「たとえば？」

もうがまんの限界だった。頭ががんがんする。ジェイクったら、自分がわたしに何をしたか正確に知ってるくせに、なぜわたしの口から言わせたがるの？　わたしを苦しめて楽しんでいるんじゃなくて？

「その話はしたくないわ」

ジェイクがそばにいることで、ふいに息が詰まりそうになって、ジェイミーはだしぬけに立ちあがった。パニックに駆られてジェイクの脇《わき》をすりぬけようとするのに、彼が道をふさぐ。

激しい頭痛に目を閉じると、ジェイミーはぐらりとよろけて手を差しのべた。すべてが、狂ったようにぐるぐる回りはじめる。唯一のたしかな現実はジェイクのしっかりとした声だったから、溺《おぼ》れる者が救命ボートにしがみつくように、ぐったりと彼にもたれかかった。ジェイクの両腕が自分の体に回されたのを感じたとたん、ジェイミーは気が遠くなった。

自分が抱きあげられて運ばれていくのがおぼろげにわかる。ジェイクの鼓動がふいに速まったこともわかった。ベスの心配そうな質問とジェイクの安心させるような返事が聞こえる。

「心配しないでいい。ジェイミーはいつだってがんばりすぎるんだ。たぶん、時差のせいだろう。部屋はどこだい、ベス？　いや、だいじょうぶ。きみは階下《した》にいてくれ。ジェイミーは気絶したんじゃなくて、めまいがしただけだと思うんだ。すぐによくなるさ」

二階に上がっていく。ジェイクの動きはすばやい……。前にもこんなふうに運ばれたことがあったわ、初めて彼とベッドをともにしたとき……ふいに胸が締めつけられる。いまは、あのときのことなんか思い出したくはないのに。

わたしはわくわくしながらも怯《おび》えていて、ジェイクの愛し方はとても優しくて……でも、そんなことを思い出しても意味ないわ。ただの幻だったんだもの。巧妙な欺瞞《ぎまん》でしかなくて、とことん彼にだまされていた。わたしのプライドも自尊心もまだ立ちなおってはいないんだわ。

本当に、ワンダがいなかったら、わたしは気づきもしなかっただろう。いまごろはジェイクと結婚して五年たち、たぶんジェイクの子供たちの母親になってたわね。ほっとしていいはずなのに、なぜ鈍い痛みとみじめさを感じたりするの？

何も知らないまま結婚していたほうがよかったとでも思うの？　自分の弱さに腹を立てて、ジェイミーは思い出を押しのけた。もう寝室の中だわ。用心しながら目を開けてみて、部屋がぐらりと揺れたのであわててまた目を閉じる。

わたしが悪いんだわ。ニューヨークからの機内でほとんど食べなかったのに、そのあともほんのちょっぴりしか食べなかったから。力がなくなっても、なんのふしぎもないわ。

めまいの中で過去と現在が交錯しはじめる。現実が遠のき、たしかなのはジェイクの腕の中にいるという事実だけ。ジェイクがベッドに横たえてくれる。ジェイミーは目を開け、冷ややかな緑の目を見てまばたきした。

「ジェイク」

名前を口にするだけで全身が震える。ジェイクの目からきびしい冷たさを追い払えなくて、くやしさに涙がにじむ。ジェイミーは十八歳に戻り、どうしようもなく恋をしていた。

訴えるように手を差しのべる。ショックのあまり弱々しい悲鳴があがった。骨が折れるんじゃないかと思うほど荒々しくジェイクに押し戻されたから。

「ぼくに何を求めてる、ジェイミー？」

荒々しい声に、昔の痛みがこだまのようによみがえり、ジェイミーをいっそう混乱させる。乾いた唇を舌先で湿す。胸がつぶれそうだ。ぼうっとなってことばも浮かんでこない。

心の奥から震える声が警告する——あなた、信じられないほど愚かなことをしようとしてるのよ。でも、そんな声は聞きたくない。わたしはそばに座っているこの男性を、痛いほど求めているの。なぜか、わたしを絞め殺したいというような顔をしているけれど……。ジェイクを見つめるジェイミーのまなざしには、無言の訴えがあふれていた。

「ジェイミー、どういうことだ」彼女の手首をつかんでいた手を、火傷《やけど》でもしたように引っこめる。

「いったい今度はなんのゲームをしてる？」

ジェイクは出ていこうとしている。ジェイミーはそんなことはさせたくなかった。パニックがナイフの先のように鋭い爪で攻めかかり、虚無の黒い渦が彼女をのみこもうとしている。

「ジェイク！」

一瞬、暗闇《くらやみ》が裂け、ジェイミーは自分の体の上にないジェイクの熱い体を、唇の上に夢にも忘れたことのないジェイクの唇を感じる。心臓が狂ったように打ちはじめた……。

「ジェイミー？」

ためらいがちなベスの声に、はっとして目を覚ました。混乱してあたりを見まわし、もう明るくなっていることにぎょっとしてしまう。

「具合はどう？　昨日の夜、わたしはお医者さまを呼ぼうとしたんだけど、ジェイクがその必要はないって言うものだから。十代のころ、あなたはよくめまいを起こしたんですって？」

「ええ、そう」

うわのそらな返事だった。混乱したイメージと夢うつつの記憶がどっとよみがえってくる。ジェイクがわたしを二階に運んでくれたんだったわ。ジェイクはわたしに腹を立てていて……まさか、キスなんかしたはずがないわ。ジェイミーは目を閉じ、かすかに身震いした。

「ジェイミー」

「だいじょうぶ。ちょっと弱ってるだけ……」

「ジェイクの話だと、部屋を出たとき、あなたは眠っていたそうよ。今夜はそっとしておくようにって言ってたわ。ジェイクがいてくれてよかった――わたし、あなたのめまいのことなんか知らなかったもの」

鼓動が速まる。ジェイクのキスのおぼろげな記憶が胸を締めつける……わたしはジェイクに習った技巧をすべて使って……まさかそんなこと、するはずないわ。もしそうだとしたら、二度とまともにジェイクの顔を見られない。

そういえば、無理やりクリスマスには家に帰るという約束をさせられたんだわ。でも、なぜ？　ジェイクはマークと母が会いたがってるって言ってたけれど、もしかして、もっとわたしを苦しめたいからじゃないかしら？

「あなた、アマンダのこと、どう思って？　いいお嬢さんでしょう？」

「ジェイクにはいいお嬢さんすぎるわよ！」

従姉の口調の激しさに、ベスはとまどったように立ちあがった。

「わたし、あなたが目が覚めたかどうかのぞきに来ただけなの。それじゃ、紅茶をいれるわね。本当にだいじょうぶ？」

ジェイミーはうなずいてみせてから、顔をそむけた。とても、だいじょうぶなんて心境ではなかった。あんなに固い決心をしていたのに、ジェイクと顔を合わせるという荒々しい現実の前には、自分を守る役に立たなかったのだから。

全身を戦慄《せんりつ》が走り抜ける。自分からみだらに体を押しつけていったりして、考えられないほど屈辱的なやり方で、自分の気持をジェイクに見せてしまったなんて。

額に汗がにじみ、胃がむかむかする。ああ、神さま、あの嘲笑《あざわら》うような記憶は、けっして現実ではなく、遠い過去のものか、わたしの想像の中のものでありますように。

ジェイクに対してなんとも思っていないことを、何年もクールに示してきたというのに。そんなものはただのもろい防壁でしかなく、本当は彼を愛している——そのことをジェイクに知られてしまったら。わたしはそんな苦しみには耐えられないし、また耐えたくもない……。

3

また、一日が過ぎた。ジェイミーは小さなため息をついてオフィスのドアに鍵《かぎ》をかけ、十一月初めの寒い夕闇《ゆうやみ》の中へ急ぎ足で出た。

最近、仕事は忙しかったが、目の縁ににじむ疲れはそのせいではない。パートナーのラルフでさえ、いつものクールでおちついたきみはどこへ行ったのかと言う始末。すべてはジェイクのせいだった。

つい先週も、母から有頂天の手紙が来たばかりだ。あなたがクリスマスには家に帰ってこられると聞いて、マークともども待ちきれない思いでいる、と書いてあった——話したのは、もちろんジェイクに決まっている。

ジェイクったら、何重にもわたしを縛りつけて、家に帰れなくなったという口実なんか封じてしまうつもりなんだわ。でも、マークの病気はどれほど重いのかしら?

母にたずねても返事は決まって心配ないと返ってきたが、どこかことばを濁している感じがした。ごく軽い狭心症だというけれど、もし万一のことがあったら……会いに行かないまま義父が亡くなるようなことにでもなったら、わたしは一生、自分を許せないだろう。

せめて、ジェイクがクイーンズミードのすぐ近くに住んでいるのでなかったら……。ジェイクがいないことがはっきりわかっているとき以外、わたしは家に帰ったことがない。かつて、あれほど愚かな喜びにひたった同じ場所で彼と顔を合わせるなんて、考えただけでも耐えられないわ。

おだやかに過去を水に流して何事もなかったよう

にふるまうことをわたしに期待するなんて、いかにもジェイクらしい傲慢《ごうまん》さだわ。

両親が休暇から帰ってきたら、ふたりがお互いにどう思っているか打ち明けて、ジェイクの計画ではその年のクリスマスに結婚するはずだった――もし、ワンダが真実に目を開かせてくれなかったら、うぶなわたしはジェイクが本当に愛してくれているものと思いこんだまま、手遅れになってしまうところだった。

ジェイミーは地下鉄への階段を下りる。彼女は仕事を楽しんではいるけれど、安定した収入を確保するために欠かせないPR関係は苦手で、ラルフにまかせがちだった。

野心的だったことなど一度もないと思う。といって、どんな意味でも自分が男性に従属しているとか、男性より劣っているとか考えたことはない。母がいいお手本だった。〝女らしさ〟の典型でありながら、みごとに独立心と自負心を保持している。

あれだけの富と権力を持ちながら、マークと母はお互いを信頼し合っている。どちらかというと、マークのほうがいっそう頼りにしているかもしれない。ひとを愛すれば傷つきやすくなり、相手を頼りにしないではいられなくなるものだから。

電車を降り、人波にのみこまれたままエスカレーターに乗る。風が強くなって氷のように肌を刺す中を、自宅に急ぐ。実の父の遺《のこ》してくれたささやかな遺産で買った、小さなヴィクトリア朝ふうの家だった。

最初はあばら屋としか言いようのない状態だったけれど、五年たったいまは、会社の仕事ぶりの具体的な広告と言っていいだろう。ジェイミーは小さなホールに入って明かりをつけた。

プレーンなフレンチブルーのカーペットが目に優しく、バターイエローの壁は温かい感じがする。小さな家なので、ジェイミーは全体を同系色でまとめ、さまざまなペンキ仕上げの知識を生かしてそれぞれの部屋に個性を与えてあった。

　いつものように、まっすぐ二階にある寝室に向かい、クールな有能さを演出する堅苦しいビジネススーツを脱ぎ捨てる。

　その部屋もイエローとフレンチブルーが基調だが、イエローはバターミルク色までトーンダウンしてあって、ベッドカバーとカーテンは小さな花模様だ。

　天井に取りつけた丸いフレームからカーテンがふわりと垂れて、ベッドを覆っている。カーテンとベッドカバーはカーペットと同じブルーで縁取りがしてあった。

　壁にはめこみ式の衣装だんすは花模様の布張りのパネルで隠してあり、壁のライトが温かい光を投げかける。たしかに、この部屋は他人が思っているより女らしいジェイミーの人柄を暗示していた。

　寝室がふたつだけの家だが、それぞれバスルームがついている。夕方のジェイミーの手順は決まっていた。下着を脱いで手早く洗い、シャワーを浴びる。体を拭《ふ》き、明るい緑色のトラックスーツを着る。

　階下に下りると、キッチンでスクランブルエッグをつくり、コーヒーのマグとともにトレイに載せて小さな書斎兼居間に運んだ。ぼんやりとテレビを眺めながら、座り心地のいい安楽椅子に丸くなって夕食をとる。

　自宅だけが、心からくつろげる場所だった。とはいえ、いまは以前のような安心感が欠けている。いったい何を怖がっているの？　ジェイク？　そんな必要はないわ。ジェイクはわたしを求めているわけではないし、そのことはわかってるはずよ。

　そうではなく、怖いのは自分自身だった。ジェイクとしょっちゅう顔を合わせなければならなくなると、彼に対する気持を隠しきれなくなってしまう。

家に帰れない本当の理由は、そのことだった。

今夜は早くベッドに入ろう。そう思って立ちあがったとき、玄関のベルが鳴った。お客の予定などないのに……。ふと、ジェイクの顔が心をかすめる。まさか、きっとジェイクのことを考えていたせいだろう……。

ドアを開けると、ジェイクではなくアマンダの姿があった。強い失望感に気づいたときには、もうアマンダが必死の嘆願を始めていた——お願い、家に入れてちょうだい。

一歩あとずさり、アマンダの濡《ぬ》れたジーンズとジャケットに目を丸くする。金髪も濡れて頭にはりついていた。母親とショッピングに来たとき訪ねたいと言っていたことは覚えているけれど、色あせたジーンズと古いアノラックという服装の娘をショッピングに連れ出す親とも思えない。

「お訪ねするしかなかったの。ほかに行くところがないんですもの……」

狂おしいばかりの早口のあいさつが、身震いでとぎれる。ジェイミーの最初の驚きは鋭い不安に変わった。アマンダはヒステリー寸前の状態で、身震いしては叫ぶように話している。

優しく書斎に案内して火のそばに座らせ、タオルを取りに二階に行ってきてから、ジェイミーはタオルとタオルローブをアマンダに手渡して、おだやかに言った。

「髪を拭いて、濡れたものをお脱ぎなさい。わたしは熱いコーヒーをいれてくるわ」

マグを両手に戻ってくると、アマンダはローブに着替えて暖炉の前に縮こまっていた。コーヒーを渡そうとすると、手がひどく震えている。よく見ると、前より痩《や》せて、青い目まで緊張しきっていた。

「あなた、お母さまとロンドンにショッピングに来たわけじゃないのね？」

向き合って腰を下ろすと、ジェイミーは言った。

アマンダはぱっと見返して首を横に振る。

「ええ。わたし……家を出たんです」

「なるほど。で、ご両親はあなたがどこにいるかごぞんじなの？」

「いいえ。知られたくないんです。でないと、両親はわたしを迎えに来て……父はわたしをジェイクと結婚させてしまうから」

はらはらと涙がこぼれる。ジェイミーは爆弾宣言の意味をとらえようとした。

「あなたに無理強いして……」

「ええ。そのことで先週も大喧嘩《げんか》したの。ジェイクのことは好きだけど、結婚したくはありません。まだ誰とも結婚したくはないんです。わたし、自由が欲しいの。旅行もしたいし、自分で何かをしてみたい。母みたいに甘やかされて大切にされるお人形にはなりたくないってことが、父にはまるでわからないの。わたしは母とは違うのに。わたしは自立したいのに」

「そうね、それは理解できるけど……。あなたのお父さまが、あなたとジェイクの結婚にどうしてそんなに熱心なのか、その理由はあなたが話してくれたわよね。でも、アマンダ、そのことはお父さまにだいというわけじゃないわよ。ジェイクにだって言いぶんはあるはずです。正直言って、あなたが望んでもいない結婚を、ジェイクまで無理強いするとは思えないわ」

「わたしもそう思ったの。でも昨日の夜、わたしが自分の気持を話そうとしたら、ジェイクはただ、どんなに妻が必要か、どんなに父に孫の顔を見せてやりたいかって話ばかりするの。ひどかったわ、ジェイミー。わたし、それまでずっとジェイクが好きで、それどころか……。あの、とても惹《ひ》かれていたんです。わたしがデートしてた男の子なんかとはまるで違うひとだし。たとえば、彼はわたしの父にだって反論できるんですものね。それなのに、どんな妻が欲しいか、妻にはどんな暮らしをさせたいかって話になると……まるで十九世紀の男性だわ！」

「お父さまがあなたにプレッシャーをかけてるってこと、ジェイクに話したの？」

「話そうとしたけど、できなかったの。ジェイクとは結婚できないわ、ジェイミー。したくないんです。ほかに誰も頼れなくて、あなたのところに来るしかなかったの……お願いです、わたしをここに置いてください！」

またもや涙がアマンダの頬を伝う。ジェイミーはうつむいたアマンダの頭を見ながら、苦々しい思いを味わっていた。ジェイクったら、こんな子供と結婚することを、よくも本気で考えたものね。アマンダは子供としか言いようがないじゃないの。

「ほかにどうしようもなさそうね。まさか、こんな夜中にあなたを追い出すわけにもいかないし。そうでしょう？」

アマンダは衝動的にジェイミーを抱きしめた。

「あなたなら理解してくださるって、わかっていました」

「今夜は泊まっていいわ、アマンダ。でも明日になったら、ご両親に居所を知らせるのよ。きっと心配してらっしゃるわ」

「両親はわたしを連れ戻してジェイクと結婚させるに決まってるわ」

「必ずしもそうは言えないんじゃない？　なんといっても、あなたは十八歳を超えてるのよ」

「あなたから両親に話してくださる、ジェイミー？　あなたなら納得させられるわ。両親だって、あなたのおっしゃることなら聞きます」

どうかしらとは思ったものの、アマンダがまたヒステリー寸前の状態になっていることに気づいて、ジェイミーはあやすように言った。

「明日、あなたの居所を知らせるとき、わたしはご両親にこちらに来てほしいって言うつもりよ。そして……」

「両親が来たら、わたしがジェイクと結婚したくないと思っていること、あなたから話してくださるのね？」

「いいえ、話すのはあなたよ、アマンダ」ジェイミーはきっぱりと言って大きく息を吸いこむと、思いきってあとを続けた。「あなたはもう十八歳を超えているってこと、忘れちゃだめ。そしてもし、それでもご両親があなたにジェイクとの結婚を無理強いするようだったら……そうね、ここには予備の寝室があるから……」

「それじゃ、この家であなたといっしょに暮らしてもいいんですか？」

自分でもなんてことに巻きこまれるつもりなのかと思いながら、ジェイミーはもう一度、きっぱりと言った。

「そのことは、明日、よく話しましょう」

コーヒーマグを洗い終わると十一時だった。アマンダは疲れていないと言うけれど、見ればもう限界だとわかった。寝巻きと、翌日のために洗いたてのジーンズをアマンダに手渡す。

ひと晩くらいアマンダの両親に心配させるのも薬になるだろう、ジェイミーはそう思うことにした。それに、こんな時間になって、かんかんに怒っている親とやり合うだけの気力もない。

ベッドに横になったジェイミーは、またもやジェイクのことを考えていた。自分の問題に首を突っこまれることを、ジェイクはけっして喜ぶまい。でも、ほかにどうできたというの？

「おはよう。コーヒーを持ってきました」

自分のベッドの端に腰かけているアマンダを見て、ジェイミーは片肘をついて上体を起こした。ブロンドの髪を三つ編みにして幸せそうにくつろいでいる表情を見ると、若さの回復力に目をみはる思いだった。

「いま何時？」腕時計を見て顔をしかめる。「オフィスに電話して、今日は出社しないってことを伝えておかなくちゃ。そのあとで、あなたのご両親に電話しましょう」

娘が無事だというニュースを聞いて、母親のキャロライン・ファーマーは安堵《あんど》のあまり泣き出してしまった。取り乱してすすり泣く声を聞いていると、ジェイミーはひと晩黙っていたことで罪悪感を覚えないではいられなかった。

アマンダは部屋の反対側に座って、ジェイミーを見守っていた。目には警戒心がみなぎり、父親と話すかどうかたずねると、抑えようもなく怯《おび》えが浮かぶ。

ビジネスの世界で暮らしているうちに、ジェイミーは怒りっぽい男性の扱い方を学んでいた。ジェラルド・ファーマーの怒り狂った長口舌に、やがて彼女はクールなきびきびとした声で割って入った。

アマンダがなぜ自分のところに隠れ家を求めてきたか、その理由を冷静に説明し、ご両親がロンドンに来ていただければ、きちんと話し合えるから、みんなのためにいちばんいいと思うのだがと言いそえた。

もちろんアマンダの父親は怒り狂って爆弾を落とした――あんたになんのかかわりがある？

「まったくございませんわ」冷ややかにジェイミーは切り返した。「でも、アマンダがすでに成年に達していることをお忘れになりませんように。そして、もしアマンダがとうていお宅には帰れないと考えるようでしたら、わたくしが家に引き取ってもいいと話したことも申しそえておきますわ」

「あの子は自分の金など一ペニーも持っていないし、わしからは与える気もないんだぞ！」

「けっこうですわ。アマンダが職に就くための技術を習得するまで経済的に支えてあげる意思も力も、わたくしは持っておりますもの」

やり取りは、アマンダの父がしぶしぶ、午前中にジェイミーの家を訪ねることに同意して、けりがついた。

「あなたって最高にすてきだったわ」アマンダが拍手する。「とてもクールでおちついてたもの。わたしもあなたみたいになれたら！　本当に、わたしをここに住まわせてくださる？」

ジェイミーの本心としては、そうならないことを願っていた。ジェラルド・ファーマーの怒り狂った脅し文句の裏に、娘への本物の愛情がすけて見えたからだ。

もし、娘でも息子と同様に有能な後継者となりうるのだと納得させられれば、問題はすべて、誰もが満足する形で解決できるかもしれない――もちろん、未来の花嫁を奪われてしまうジェイクだけは別だけれど。

「二時間以内にご両親がいらっしゃるわ、アマンダ。そのあいだに、お父さまに見せる具体的な計画をお立てなさい。あなた、自立して仕事を持ちたいって言ってたわね、それをお父さまに説明するの。あなたのしたいことがらを書き出して、どんなふうに目的を達するつもりでいるか、それも忘れないで書いておくのよ――自分の人生は自分で取りしきれるのだということを、お父さまに見せてあげなくては」

四時間後、神経はぼろぼろだったけれど、かなりほっとした気分で、ジェイミーは居間の窓辺に立ち、アマンダと両親の乗った車が走り去るのを見守っていた。

　父娘《おやこ》の対決は、ほぼ予想どおりに始まった。しかし、アマンダのおだやかだが決然とした態度が、やがて父親らしい怒りをも突き抜けて伝わり、ジェラルド・ファーマーはしぶしぶ腰を下ろして娘の言いぶんを聞くことになった。

　ジェイミーは話し合いの場に立ち会っていただけだった。アマンダが助けを求めないかぎり、立ち会い人に徹するつもりでいたのだ――アマンダには、自分が大人だということを父親に認めさせたいのなら、わたしを頼りにしないで自分の口から説明しなさいと言ってあった。

　思ったとおり、独裁的な成功者のほとんどがそうであるように、アマンダの父親も自分に刃向かう相手に対していちばんいい反応を示した――必死に隠そうとはしていたけれど、娘のおだやかで決然とした態度に感心し、誇りにさえ感じていたようだった。


　車が見えなくなって初めて、ジェイミーはジェイクのことを考え、ぞくっと震えた。アマンダの父親の協力がなくては、いくらジェイクでもアマンダを結婚に追いこむことはできまい。

　そして、事のなりゆきにわたしが果たした役割を知ったら、ジェイクはどんなに怒ることか――ファーマー夫妻が黙っていてくれる見込みはないし、そうなると、ジェイクはどんな仕返しをするだろう……。

4

「この一週間、きみは何に取りつかれてしまったんだい？」ラルフがふざけてこぼす。「まるで明日がないみたいな働きぶりじゃないか？」

「突然のエネルギーの爆発ってわけよ」

真実は、仕事がすべての病を癒《いや》す薬であり、鎮痛剤であるからだった。静かな暮らしをしていると、どうしてもジェイクのことを考えてしまう。仕事、仕事、そしてまた仕事――救いはそこにしかなかった。

「それにしても、こんなきみを見るのは初めてだぞ。まるで仕事中毒って感じじゃないか。きみのことが少々心配になってきたんだよ。ジェイミー、きみにはくつろぎが必要だよ。でないと……ははあ、原因は男性問題だな」

「あなたの知ったことじゃないでしょ！」

「やっぱり当たりだ。人間の仲間に戻ってきてくれて、大歓迎だよ、ダーリン。実はひそかに疑いかけていたんだが……。で、誰だい？　ぼくの知ってる男？」

「お客は誰も、クリスマス前にインテリアが完成することを望むのよ。もし、このふたつの契約をうまくさばけば、ベンソン家の仕事だって……」

「わかったよ、ぼくには教えたくないわけだな。それじゃ、ぼくも仕事の話に戻るとしよう――今夜、ジョンソン家でカクテルパーティーがあることは覚えてるね？　ぼくらは顔を出す約束をしてあるんだけど」

　ジェイミーはわずかに眉根を寄せる。うっかりしていたけれど、ラルフの言うとおりだった。ジョンソン夫妻はチェルシー邸のインテリアをとても気に入ってくれてるし、新しい仕事の話が舞いこむ可能性も高い。けれど……できればラルフがひとりで行ってほしい。

「だめだよ」ラルフはジェイミーの心の動きを正確に読んで警告する。「これも仕事のうちだよ、ダーリン。ビジネス第一――覚えてるかい？　これはきみの台詞《せりふ》だぞ」

「わかってるわ。ぐずっているように見えたのなら、ごめんなさい。わたし、ただ、ちょっと疲れてるものだから」

「無理をするからさ。ねえ、四時半だけど、今日はもう仕事はやめて家に帰ってひと息入れたら？　そんな顔をしてジョンソン家に現れてもビジネスの役には立たないぞ――七時半にぼくが車で迎えに行くから」

そのことも、ラルフの言うとおりだった。ジョンソン夫妻はテレビ関係の仕事に就いていて、交際仲間もひどくイメージにこだわるひとたちばかりだ。そして、わが社はうまくいっているとはいうものの、ビジネスのチャンスをみすみす逃す余裕まではないのだ。

そういうわけで、ジェイミーはまっすぐ家に帰るつもりでオフィスを出たのに、ふいに気が変わってメイフェアにある行きつけの美容院に入った。六週間ごとにカットしてもらっている店である。

運よくいつものスタイリストの手が空いていて、ジェイミーが髪型を変えたいと言うと、唇を結んでしばらく考え、きっぱりと答えた。

「ショートはだめ。でも、もっと若くて自由な感じに仕上げましょう」

その結果、七時半ぴったりに迎えに来たラルフは、目を丸くすることになった。ジェイミーの新しいヘアスタイルは、肩の上でカットしたエレガントなボブスタイルだった。ただ、てっぺんの部分をショートカットにして毛を立ててあるのが、ごくつろいだ若々しさを演出している。流行の先端をいくジャージーのドレスも挑発するように体にぴったりフィットし、ピンキーゴールドの微妙な色合いがダークレッドの髪をきわだたせていた。

「いったい、オフィスを出ていったくたびれたレディに何が起こったんだ？」

「それじゃ、気に入ったわけね？」

「どんなに気に入ったか見せたいところだけど、そんなことをしてるとパーティーに遅れちゃうからな」

ラルフはにやっと笑う。ふたりはこれまでずっと親友同士だったけれど、セックスは抜きのはずよ――ジェイミーの咎《とが》めるような視線に、ラルフはおどけて両手を上げる。

「わかった、わかった、ぼくはきみの兄貴役だってことは心得てるよ。でも、今夜のきみはすごくセクシーだよ、ジェイミー。そして、そう考える男はぼくだけじゃないはずだぞ」

「ヘアスタイルと衣装を新しくしただけで、わたしは突然セックス・ダイナマイトに変わった――そう言いたいわけね？」

「必ずしも、そうとは言えないな。こう言ったらどうだろう――これまでも可能性は秘めていたんだが、きみがそれを自分で強調するのを見るのは初めてだって。最近、何かが起きたんだね、ジェイミー。何が原因か、誰が原因かはぼくにはわからないが、ひとつだけたしかなことがある――今夜、男性がきみの電話番号をたずねても、その男は、自分の家の壁をきみに塗ってもらいたいだけじゃないってことさ」

「わたしは二十四歳。十六歳の小娘じゃないのよ」

ジェイミーはクールに切り返した。「羊と狼《おおかみ》の見分けくらい、ちゃんとできます」

パーティーは例によって例のごとしであった。ふたりが到着したときはすでに盛りあがっていて、ホストはふたりにシャンパンのグラスを持たせると、ラルフは妻にまかせて、自分はジェイミーを紹介して回った。

途中で玄関のベルが鳴り、ホストは離れていった。周囲を観察するいとまもなくジェイミーは女性客のひとりにつかまり、延々と、自分の寝室の改装に雇ったインテリアデザイナーについて愚痴を聞かされる羽目になった。

「脱走の用意はできたかい？」

ラルフの声にほっとして、相手の女性に失礼をわびてからホスト夫妻を捜しに向かう。

「助け出してくれてありがとう」

「きみの目から輝きが消えていたからね」

あいさつをすませ、外に出てから、ラルフはもう一度その話題を蒸し返す。

「ああいう目つきになったとき、きみはどこに行ってるんだい？」

ジェイミーが首を横に振ると、ラルフは軽く肩をすくめた。

「オーケイ。言いたくないのなら言わなくていいが、ぼくの目はごまかせないぞ、ジェイミー——何事か、それとも何者かのことで悩んでるな」

帰りの車の中で、ジェイミーのはかばかしくない返事などにはびくともせず、ラルフはパーティーで知り合ったひとたちのことを話しつづけた。車が家の前に着いたとき、ジェイミーは数メートル先に止まっている車に気づいた。

「いい車だ」ラルフもちらっと見やって言った。

「ＢＭＷの新車か。きみの近所にはすごい金持が住んでいるんだな」

車から降りる前に、ラルフはジェイミーの不意をついて両腕に抱きとり、唇に軽くキスする。ラルフは魅力的な男性で女性に人気もある。だが、ジェイミーはまったく何も感じなかった。わくわくするような思いも、欲望も、何ひとつ感じない。

彼女の無反応に気づいて、ラルフはゆっくり腕をほどき、わずかに眉を寄せて見つめた。

「いいアイディアじゃなかったな」妙に少年っぽいしぐさで髪を撫《な》でる。「きみのことは、よくわかってたはずなのに」

「そのとおりよ——家に入るわ」

きっぱりと言って車を降りる。ラルフはジェイミーの腕を取って玄関まで送ってきた。

「まだ友達のまま？」

「友達のままよ」

ラルフの頬にキスしてから、ジェイミーは玄関のドアの鍵《かぎ》を開けた。中に入り、スイッチを押す。小さな玄関の鏡に見慣れない自分の姿が映っていたので、一瞬とまどって髪に手をやった。

とたんに鏡の中の映像は、ジェイクが自分の髪をつかんで指の間からこぼした、胸を締めつけられるような記憶の中の情景と入れ替わった。それはふたりが愛し合ったときの光景だった。

まざまざとよみがえる思い出に胸が悪くなり、ジェイミーの全身を戦慄《せんりつ》が走り抜ける。いまだに思い出を軽くやり過ごせない自分がいやになる。なんてばかなのかしら。ジェイクの代わりになる恋人を見つけなくては。そうすれば、こんな思いもしなくてすむわ。

問題は、ジェイクと比べられるほどの男性が誰ひとり見つからないことだった。いまとなっては手遅れじゃないかとさえ思えてくる。性的欲望なんか卒業したと思っていたのに、サラの洗礼式のときに真実があらわになってしまった——ジェイクの姿を見ただけで苦しいほどの欲望がよみがえってきたのだから……。

玄関のベルが鳴り、ジェイミーはぱっと向きなおって反射的にドアを開けた。

「ラルフ、いったい……」言いかけたまま、ショックのあまり戸口に立っている男性をまじまじと見つめる。「ジェイク！」

「それでも、名前だけは覚えていたわけか？」嘲笑《あざわら》うように口もとをゆがめて、彼はつかつかと入ってくる。「きみがぼくの名前を呼ぶのを久しく聞いていないから、忘れてしまったんじゃないかとひそかに疑っていたんだが」

「いったい……なんのご用？」ジェイクがぐいっと眉を上げるのを見たとたん、熱くなっていた胸が凍りついた。「アマンダのことね」

「そのとおり」

「わたしが家にいるときに来るなんて、あなた、ラッキーね」居間に入り、ショックから立ちなおろうと努めながら、苦々しげに言う。「いままでずっと外出してたのよ」

「知ってる」怒っている口調だけれど、一度もひとを待ったことがないせいだろう。「きみが帰ってきたのを見ていたからな。彼、情熱的とは言えないんじゃないか？」

「わたしたち、ティーンエイジャーじゃないもの」

ラルフとわたしが恋人同士だと思ったのなら、そう思わせておけばいい。「ラルフもわたしも、情熱に身をまかせるときは、ふつう、止めた車の座席なんか使わないの」

「そうかもしれないが、彼は家の中にも入らなかった。泊まっていこうとはしなかったわけだ」

「それでよかったんじゃない？　どうして今夜ここに来たのよ、ジェイク？　アマンダがあなたと結婚したがらないからって、わたしを責めても無駄でしように」顔を上げて、皮肉たっぷりにジェイクを見つめる。「あの子だってばかじゃないわ。あなたが自分を愛していないことも、利用しようとしていることも知ってるのよ。昔、あなたがわたしを利用しようとしたときと同じね」

ジェイクが顔を引きつらせながら一歩踏み出す。その目の暗いきらめきにとらえられて、ジェイミーは動けなかった。ジェイクはジェイミーの両腕をつかむ。

「角突き出すのもいいかげんにしろ、ジェイミー。ときどき、きみは……」荒々しい口調だった。ジェイクの全身から発散する強烈な怒りが、ショッキングなまでにジェイミーを興奮させる。「ぼくを挑発するのはよせ」

わずかに揺すぶられ、ジェイミーは否定しようとして口を開きかけるが、ジェイクの激しいことばにさえぎられてしまった。

「そうとも、きみは挑発してるし、自分が挑発していることを知っているとも。いつかきみは、自分で考えている以上にぼくに角を立ててしまうだろう。そうなったらどうするつもりだ？〝レイプ！〟とでも叫んで騒ぎたてるか？ でも、レイプにはなりはしない。そうだろう、ジェイミー？ きみはぼくを求めている――どんなに認めたくなくても、求めているとも。いまだって、ぼくはすんなりきみを寝室に連れこむこともできる。きみだってそれは百も承知だ……」

「とんでもない！」

われながら、不自然に感じるほど鋭く甲高い声だった。ショックが怒りをあおって、顔に血の気がさす。どうやってジェイクは、いまでも自分がわたしに対して影響力を持っていることを知ったのだろう？

「アマンダはきみになんて言ったんだ？」

だしぬけに話題を変えられて、またショックを受ける。アマンダ……ジェイクが会いに来たのはアマンダのためなんだわ。

「あなたがプレッシャーをかけて、彼女を結婚に追いこもうとしてるって」

ふいにジェイクが手を離したので、ジェイミーは両腕の握りしめられていた跡を撫でながら言う。怒りは好奇心に変わって、鋭く彼を観察しながらあとを続けた。

「あなたと父親にはさまれて、あなたと結婚するしかないところまで追いつめられてしまったって」

「アマンダの父親が？」

「よしてちょうだい。アマンダの父親が娘をあなたと結婚させたがっていたこと、まさか知らなかったとは言わせないわ」

「妙なほのめかしを口にしてたことはあるがね」

「そこであなたは、マークに孫の顔を見せてあげられて同時に財産を確保できるっていう理想的なチャンスがあることに、とつぜん気づいたってわけなのね」

「きみはそんなふうに考えているのか？　アマンダはとても魅力的な娘だ。アマンダゆえにぼくが求めたかもしれないじゃないか？」

千もの刃《やいば》を肌に突き刺されたような痛みを感じたが、ジェイミーははねつける。ジェイクに気づかれてはだめよ！

「アマンダがそんなふうに考えたのよ。あなたは自分のことなど何ひとつ大切に思ってくれてはいない――そう考えたみたいね」

「そこで、きみのところに逃げてきたってわけか」

ジェイクの微笑は、皮肉たっぷりに面白がっていることを示していた。「さぞ、きみはうれしかっただろうな、ジェイミー。自分が反愛他主義のチャンピオンだってことは、アマンダに話してやったのか？」

「何ひとつ話さなかったわ」鋭く切り返す。「それに、間違ってもアマンダをけしかけたりはしなかったわよ――もし、そのことをほのめかしてるつもりならね、ジェイク」

「そうは言ってない。だが、賭《か》けてもいいが、きみはぼくの人格について何ひとつ保証もしなかっただろう？」いやに静かな口調だった。「きみは実に賢い女だよ、ジェイミー。アマンダの父親でさえ、なんとか丸めこんだんだからな。彼はぼくにこう言ったよ――アマンダは結婚するには若すぎると思うって。きみがぼくから花嫁を奪ったのは、これで二度目になるんだぞ、ジェイミー」

ジェイクの目のきらめきにおちつかなくなって、ジェイミーは急いで言った。

「その気になれば結婚できたはずよ、ジェイク――たとえばワンダみたいな女性と」

「そうは思わないね。ワンダには、いい妻になる素質があるとは思えない」

「経験のないティーンエイジャーを相手にするときと同じ支配力を発揮できないから――あなたが言いたいのは、そういうことじゃない？　問題はあなたのエゴね。だって、考えてもごらんなさい――本当の男なら、自分の男らしさを、子供を支配することで証明する必要などないでしょう？」

「ことばに気をつけろよ、ジェイミー」

どすをきかせた声だったが、ジェイミーはその裏に怒りを聞きとった。ジェイクの傲慢《ごうまん》な自制心を破ることができたと思うと、強烈な喜びがこみあげてくる。ジェイミーは侮蔑《ぶべつ》をこめて言った。

「脅しても無駄よ、ジェイク。わたしはもう十八歳じゃないんですからね」

「そうらしいな。それじゃ、どれくらい真剣だって言うんだい――あの男との関係は？」

「ラルフのこと？」わざと甘ったるい声を出す。苦くも甘い喜びがあった。「どうしたっていうのよ、ジェイク？」

ジェイクを傷つけてやりたい。昔、わたしが彼に傷つけられたように。そのくせ、もう一方では、過去も心の痛みも拭《ぬぐ》い取って、もう一度ジェイクを愛していると思っていたころの自分に戻りたかった。

「マークに孫の顔を見せてあげるのは結局わたしのほうが先になるんじゃないかと思って、怖がってるの？」

ジェイクが血相を変えた。鮮明な怒りに怯《おび》えて、ジェイミーは口をつぐむ。単にジェイクを嘲《あざけ》るための手段にすぎなかったものが、引っこみのつかない危険な武器に変わっていた。

「あいつと結婚するつもりなんだな？」

鋭い刺《とげ》のある声だった。怒りを抑えようとして彼の顔の筋肉がこわばっている。ジェイミーはぎょっとし、口がからからに乾いてしまった。

「わたしが結婚しちゃいけないって法律でもあるの？」

こんな軽薄な台詞をぶつけるなんておかしいと思う。でも、ジェイミーはもう、自分でも止めようがなかった。

「とことんやってみたいってわけだな、ジェイミー」静かな口調には脅迫がこもっていた。「でも、ぼくがそんなことはさせないぞ」

「いったい、なぜ、わたしに対してそんなに反感を持つの？」

ジェイクが歩みより、ジェイミーは本能的に目を伏せる。しかし、彼の指が顎をつかまえて無理やり顔を上げさせ、目をのぞきこんだ。

「誰もがきみを、実にエレガントで自制心のあるレディだと思ってる。そうだろう？　彼らは、こんなきみを見るべきだな――いや、男と愛し合った直後のきみを見るほうが、もっといい」

「愛し合うですって？　セックスの間違いでしょ？」

ジェイミーは吐き捨てるように言った。ジェイクの観察の目からなんとしてでも逃げたかった。体じゅうの神経がジェイクを意識し、お互いの怒りにあおられて危険なまでに興奮している。

「なんとでも呼ぶがいいさ。きみがどんなふうに呼ぼうと、事実に変わりはない。きみはぼくのためにあげた喜びの声を、やつのためにもあげているのか、ジェイミー？」

息もつけない。緊張のあまり、ジェイミーは身じろぎもできなかった。ジェイクが見守っている。わたしが口を滑らせるのを待ちかまえているんだわ。なんとかくつろごうと努めながら、必死に軽薄な答えを探す。

「あなたはまだ覚えてるってこと？　驚いたわね、わたしとのことなどとっくに忘れてると思っていたのに。わたしのあとでつき合った女性たちとの記憶の底に沈んでしまったものと思ってたわ」

「謙遜《けんそん》がすぎるぞ」ジェイクはいやな形に唇をゆがめて笑った。「まったく、謙遜がすぎるというものだ」

じろじろと見つめられて、くやしいけれど胸の頂が固くなりはじめる。ジェイクが手を上げるのを見て、ジェイミーは恐怖のとりこになった。いま彼に触れられたらおしまいだわ。狂おしい身ぶりで体を引く。

「帰ってほしいの、ジェイク」

「もちろんそうだろうよ」

微笑はまだ残酷だが、ともかく自由にはしてくれた。

「いいだろう、帰るよ。でも、クリスマスの約束は忘れるなよ、ジェイミー」

「クリスマスですって！」目が丸くなる。「こうなっては、あなたとドライブなんかできないわ」

「アマンダがいっしょじゃないからか？　ばかなことを言うなよ。それとも、あのボーイフレンドを連れて帰って親の許しを得ようとでも考えていたわけか？」

「ラルフ？　とんでもない！」

口にしてしまったとたんに、失言に気づく。ジェイクのほうから同行を断る完璧《かんぺき》な口実を差し出してくれたというのに、つかまえそこなってしまったなんて。

「それにもちろん、きみは、お母さんやマークを失望させることなんか、夢にも気にしていないんだろうな？　ふたりはいまからきみの帰りを楽しみにしているんだぞ。あのふたりのためにも、ぼくらは共同戦線を張らなくては——きみだってそう思うだろう？」

ジェイミーは口を開いたものの、そのまま、また閉じてしまった。愚かにもむざむざとわなにかかって家に帰ることになってしまった以上、いまとなってはもう手を引くのは不可能だった。そしてジェイクもそのことは知っている、くやしいけれど……。

「うっかりして、きみがもう十八歳じゃないことを忘れそうになるんだ」

ジェイクの挑発に歯噛《はが》みをしながらも、ジェイミーは切り返す。

「玄関まで送るわ」

ジェイクはおとなしくついてきたけれど、ジェイミーがドアを開けると立ちどまって、軽い口調で言った。

「あとひとつだけ……」

「なんなの？」

「これさ」

避けるいとまも与えず、ジェイミーに両腕を回し、熱い体に引き寄せる。もがけばもがくほど、いっそう体が密着するばかりだった。ジェイクの唇が正確にジェイミーの唇をとらえる。

反応を示すまいと、ジェイミーは必死で自分の感覚が求めるものを抑えつけた。体じゅうに広がっていく喜びを、ぐったりとなりかかる筋肉を。

六年ぶりの抱擁なのに、ジェイミーの体はまるで昨日のことのように、ジェイクの体の感触を覚えていた。

巧みに、断固として、ジェイクはジェイミーの反応を引き出す。ジェイミーの体がリラックスしはじめた瞬間、ジェイクは抱擁を解いて彼女を押しのけた。

狂おしい喪失感はたちまち怒りに変わっていく。ほほ笑みかけているジェイクの表情を見れば、ジェイミーの反応をはっきりと知っていたことがわかる。嘲りのことばが、とどめを刺した。

「やつがきみに値しないほど下手くそな愛人なのか、ぼくの腕前が、記憶にあるのよりはるかに上なのか、どちらかだな。差し迫った仕事でどうしても家に帰らなくてもいいのなら、今夜はここに泊まってどちらなのか答えを見つけるところだがね」

かっとして平手打ちをと思ったのに、手を上げたところをつかまれてしまう。

「よしたほうがいい。ぼくの仕返しはきみのお気には召すまいからな。好きなだけぼくを憎めばいいよ、ジェイミー。でも、ぼくがまだ性的にきみを興奮させることができるってことまでは否定はできまい？」

ジェイミーはドアを閉め、そのドアにもたれかかって、震えている体から力を抜いた。どうして、わたしはジェイクに本心を見せてしまったのか。どうしてこんなにも愚かなのか。

ジェイクはアマンダに逃げられてかんかんに怒り、

仕返しに来たことくらいわかっていたはずなのに――仕返しは成功したわね。ジェイミーは力なく認めた。

5

「いい子だ。今度だけでも分別のあるふるまいをしてくれて、うれしいよ」

スーツケースを叩《たた》きつけてやりたい思いを抑えて、ジェイミーはジェイクに手渡す。ジェイクはＢＭＷのトランクに積みこんだ。

昨日の夜までは、なんとか口実を見つけてクイーンズミードには行かないつもりでいたのに、母から電話が入ったせいですべてが変わってしまった。大喜びしていたのはもちろんだが、そのあとに震える声でつけ加えたひとことが、ジェイミーの世界を根底から揺り動かしたのだった。

「マークの最後のクリスマスになるかもしれないの

よ」

はっと息をのみ、どういう意味なのか問い返すと――マークの心臓の状態は最初の診断よりはるかに悪く、あと数カ月の命らしい。それ以上生きのびる可能性はきわめて乏しいとのこと。

「あなたが家に帰ってきてくれるなんて、これほどうれしいことはないわ。マークはとっても、あなたの顔を見たがってるの」

そう聞いた瞬間、もう約束は破れないとわかった。

母が注意をうながす。

「でもね、マークに病気のことを話しちゃだめよ。マークは病人扱いされるのが大嫌いなの。すべてがいつものとおりだってふりをしていたいのね」

その気持はジェイミーにもよくわかった。喉もとにこみあげる熱い塊をごくんとのみこむ。家を出て以来、ほとんどマークや母に会っていないことで良心が痛んだ――もっとしょっちゅう家に帰るべきだったわ。でも、いつだってジェイクが来てるんだものの……。

「ひと晩じゅう突っ立ってるつもりかい？」

きゅっと唇を結んでジェイミーは車に乗りこんだ。ジェイクのきびしい表情には、父親のことを悲しんでいるようすは露ほども見えない。彼は悲しんではいないのよ、と心の中でつぶやき、すぐさま自分の不公平さに気づく。ジェイクはマークを心から愛しているし、そのことはジェイミーにもよくわかっていた。

「母の話だと、マークは最初考えてたよりはるかに重病なんですって？」

ジェイクは車を出してから振り返った。疲れたようすで年取って見え、前よりしわも深くなったようだ。ブリアートン産業の全責任が双肩にかかってきているせいだろう。名義上は数年前から社長ではあっても、重大な問題はマークに相談してやってきたのが、もうできなくなるのだから。

「ああ」

そっけない返事にも、ジェイミーはひるまず問いかける。

「何か手は打てないの？　手術とか、薬とか」

「新薬はあるが、まだテスト中なんだ。もしマークがあと一年生きのびてくれれば……」

「一年は生きられるんでしょう？」

「たぶんね――しかるべき動機を与えることができさえしたら」

いっそうそっけない口調は、きみとはマークの話はしたくないと言わんばかりだ。だから、ジェイミーは次に聞こえたジェイクの低い声に、不意をつかれた思いだった。

「マークはきみに会うのを楽しみにしてるぞ……どうした、ジェイミー。きみは昔からマークのお気に入りだったじゃないか」


否定はできなかった。マークは実の息子を愛してはいたが、彼が甘やかしたのはジェイミーのほうだった。

「きみがいないことを、とても寂しがっていたからね」

静かな口調で言われると、ますます罪の意識が深まる。でも、ジェイク、わたしが家を出たのも家に寄りつかなくなったのも、原因はあなたじゃないの。ジェイクの手で残酷に夢を叩きつぶされたからこそ家を出たのだけれど、ジェイクにそのことを言ったわけではない――手紙に書いたのは、自分は結婚するには若すぎるし、夫や子供たちに邪魔されないで自分の生活を求めるチャンスをつかみたいということだけだったから。

仕事はたしかに楽しいし、事業を築きあげるのに果たした自分の役割を誇りにも思っている。でも、正直なところ、経済的な計画をラルフが受け持ってくれなかったら、ここまで大きくできたかどうかわからない。

わたしはきっと、はるかに小規模な仕事をしていたに違いない。家庭の責任と両立する範囲で……幸せそのもののベスがうらやましい……。わたしもジェイクに代わる男性を見つけることができさえしたら……。

広々としたデイルズも、心の温かなひとびとも懐かしい。でも、ほかにどうしようがあっただろう？　ヨークシャーでも充分仕事があるのはわかっていても、家に帰ることはジェイクの影響力の及ぶ範囲に戻ることでもあるんだもの。

真実は、わたしはいまなおジェイクを愛していて、その愛ゆえに、ほかの男性とどんな関係にも踏み切ることができないんだわ……ジェイミーはあわてて心の中の思いを押し殺した。

「後ろの座席に魔法びんとサンドイッチがあるよ。

帰りつくまでにはまだずいぶんあるから。きみが休みたければ別だが、ぼくはこのまま突っ走りたいんだ」

「なんだっていやな思いを長びかせなくてはならないの？　早く着けば着くほど、わたしとしてはうれしいわ」

ジェイクの口もとがこわばり、ため息をのみこむのがわかった。刺《とげ》のあることばで自分を守ることが、ジェイクに対する無意識的な反応になってしまったらしい。

かつては、ふたりはいっしょにいるのがごく自然で、何時間でもひとことも口をきく必要さえ感じないで過ごしたことがあるなんて、とうてい信じられない。

「絶対にやめようとしないんだな、ジェイミー？　ぼくらのどちらを納得させようとしてるんだい？　ぼくか、それともきみ自身かな？」

胃がきゅっと縮まるのがわかった――ジェイクは鋭すぎるわ。

「誰だって、したくないことを無理強いされるのは好きじゃないでしょ、ジェイク」ぴしゃりと言い返す。「誰もがあなたの呪《のろ》わしい傲慢《ごうまん》さの前に道を譲るからって、わたしまでがその仲間入りするとはかぎらないのよ」

「傲慢だって？　きみはぼくをそんなふうに見てるのか？」

「あなたは、そうじゃないとでも言うつもり？」

返事がないのでちらっとジェイクを見ると、彼も嘲《あざけ》るようにジェイミーを見返す。

「きみ、昔は好きだったじゃないか、ぼくが……すべてを決めるのを。わくわくするって言ってたはずだぞ」

突きあげてくる屈辱と怒りに、ジェイミーは息詰まる思いだった。なお悪いのは、ジェイクのことばを否定できないことだ。わくわくすると言ったのは、まさしく自分だったのだから。

「十八歳では、わたしもそう言ったでしょうね。ありがたいことに、あれからわたしもずいぶん学んだから」

「学んだと思ってるってことだろう？　女性の言うがままになる男性を尊敬する女性なんかひとりもいないぞ、ジェイミー。きみだって正直なら、そのとおりだと認めるはずさ」

「わたしが信じているのは、男女の関係は対等のパートナーだってことよ。男性上位のイメージなんて時代遅れだわ、ジェイク。男性だからという理由だけで女性の意見を踏みにじることができた時代は過ぎ去ったのよ」

「同感だな。しかし、ぼくはやっぱりこう考えるよ――ほとんどの女性は、必要とあれば男であることを見せてくれる男性を求めるものだって。つまり、いざというとき頼りにできる男性をね」

そのとおりだけれど、ジェイミーはジェイクにそう言うつもりはなかった。

「強さと傲慢さは違うのよ、ジェイク」

切り返すことばはそれくらいしか思いつかなかったが、高速道路の入口が近づいていたので、ありがたいことにジェイクには反論する余裕などなく、運転に神経を集中している。

ジェイミーはほっとして座席の背にもたれ、初めてジェイクとことばの決闘を楽しんでいたことに気づいた。そっとジェイクを盗み見ると、思ったとおり自信に満ちたたしかなハンドルさばきだ。

六年の歳月も、肉体的にはジェイクをまったく変えていない。十八歳のときにあれほど強烈に惹《ひ》きつけられた性的な魅力を相変わらず発散させている。ドライブのためにカジュアルな服装で、クリーム色のウールのシャツを、ストーンウォッシュのジェイドグリーンのジーンズにたくしこんでいた。

ジェイクがだしぬけにブレーキを踏み、シートベルトが締まってジェイミーは反射的に彼のたくましい太腿に片手をついていた。触れ合いのショックに指が震え、ジェイミーはすぐさま手を引っこめる。しかし、ジーンズを通して感じとった肌の熱さははっきりと記憶に残った。

「ごめんなさい」ぎこちなく謝る。「前に滑り落ちそうな気がしたものだから」

とてもジェイクの顔は見られなかった。そんなことをしたら、隠したいと願っているすべての思いをこの目から読みとられてしまう。触れ合いはあまりにも多くの記憶をよみがえらせていた。どんなにジェイクに触れたままでいたいか、彼の男らしい体をもう一度見たいか、そんな思いに気づいてジェイミーはぎょっとした。

「だいじょうぶか?」つっけんどんなほどの口調だ

った。「顔から血の気が引いてるぞ」

「ショックのせいよ」

「偶然ぼくに触れたせいなのかっ」嘲りのこもった口調だった。「信じられないな、ジェイミー。きみはもう十八歳じゃないし、あのときだって……」

声がかすれ、たちまち車内の空気は耐えがたいほど緊張する。

「あなたに触れたせいじゃないわ。ふいにブレーキがかかったせいよ。あなたったら、ひとつのことだけはたしかに変わってないみたいね、ジェイク――いまだに世界は自分を中心に回っているって思ってるんでしょう？」

「昔はきみの世界もそうだったぞ」

残酷なことばがジェイミーを打ちのめす。反論の余地はまったくなかった。ジェイクのことばは真実そのものだったから。

「きみは根っからのキャリアウーマンだとは言えないな。きみには夫や子供たちが必要なんだ」

そんなことはないと言おうとして口を開いたものの、そうは言えないことがわかった。代わりに、苦々しげに言い返す。

「いかにもあなたの言いそうな台詞《せりふ》ね。もちろん、女性のいるべき場所は家庭だと思いこんでいるんでしょう」

「必ずしもそうとは言えないな。なかにはフルタイムの職業に挑戦しないではいられない女性もいるが、そのほかは経済的な理由から働いているんだもの。きみはそう思いこんでいるらしいが、ぼくは男性優越論者じゃないぞ。ただ、きみは仕事ひと筋のキャリアウーマンじゃないって言っただけさ。きみは不安げで、それが外からも見える。六キロ近くは痩《や》せすぎだし、緊張しすぎで危うい感じだ。いまにもばらばらになってしまいそうだよ」

驚きのあまり、反論も浮かんでこない。それどころか、ジェイクの言うとおりだと思った。ジェイミーは顔をそむけ、目を閉じて、なめらかな車の動きに身をゆだねる。そうすることで、揺すぶられた神経がおちついてくれることを願いながら……。

ふいにスピードが落ちたのを感じて、ジェイミーは目覚めた。頭は混乱し、体も少し痛む。目を開くと真っ暗だった。

「どうして止まったの？」

ジェイクは自分のシートベルトをはずし、手を伸ばしてジェイミーのシートベルトもはずす。とたんに彼女は体を硬くした。

「迷子の猫みたいに用心深いんだな。いったいどういうわけだ？」

「ここはどこ、ジェイク？」

「家まであと十五キロかそこらだな」

「だったら、なぜ止まったの？」

「きみにこれをあげるためさ」

片手でジェイミーの左手首をつかむと、もう一方の手でポケットから小さな箱を取り出す。ジェイミーははっと息をのんだ。ジェイクが箱を開けるとダイヤモンドの氷のようなきらめきが目を射た。

見覚えがあった。ジェイミーの十八歳の誕生日の直前、ヨーク市内でいっしょに選んだ指輪だった。ジェイクの顔を見やったものの、なかば陰になっていて表情は読めない。反射的に全身がこわばり、ジェイミーはあとずさろうとした。

「ジェイク、いったい何をするつもり？」

薬指にはめられた金の指輪が冷たい。軽蔑《けいべつ》をこめて皮肉たっぷりに言ったはずの声さえ弱々しく震える始末だった。

「見ればわかるだろう？」

嘲りがにじんだ声だ。ジェイクがわずかに顔を動かしたので、断固とした目の表情が読めた。そこには冷酷な決意があった。

「何かのゲームなの？」

「ぼくにとっては違う。マークは病人で、ぼくの結婚を望み、孫の顔を見たがっているんだからな。きみのおかげで、いまはそれも難しくなった。違うか？」

「あの……アマンダのこと？」

全身から力が抜けていく。ジェイクにつかまれたままの手首が燃えるように熱い。彼の親指が無意識に手首の脈を探っている。

「アマンダのことかって？　そうさ。これで二度、きみはぼくから花嫁を奪ったことになるんだぞ、ジェイミー。三度目は許さないからな」

ジェイクのことばが心にしみこむまでに何秒かかかった。ぎょっとして彼を見つめ、狂おしい口調で切り返す。

「まさか、わたしがあなたと結婚することを当てにしてるんじゃないでしょうね？」

「当てにしているとも。マークは死にかけているんだぞ、ジェイミー。ぼくにはもう時間を無駄に使う余裕はない」

「ばかなこと言わないで！」

「きみのお母さんもマークも、ばかなことだとは思わないだろうよ」

「強制はできないはずよ。こんなこと、強制はできないわ、ジェイク」

「きみを祭壇まで引きずってはいけないだろうが、方法はほかにもあるからな」

ジェイクが手を伸ばすのを見て、ジェイミーはしりごみをする。ショックと恐れに体が凍りついた。

「なぜ、わたしなの？」

ジェイクは両肩をつかんで引きよせる。

「マークがきみを愛しているからだし、きみがここにいるからでもあるし、そしてこのことのせいでもあるんだな」

荒々しく唇が重なり、できることなら抑えつけておきたかった何千もの思い出がよみがえる。ジェイクの手はジェイミーの背中を滑り下り、力まかせに抱きよせる。そして、いらだたしげにジェイミーの唇に歯を立てた。

ジェイミーは歯を食いしばったまま、キスにこたえたいという思いに抵抗していた。と、だしぬけにジェイクはキスをやめ、両手をジェイミーの腰にかけたと思うまもなくセーターの下に滑りこませて上へと這《は》わせていく。

ショックから立ちなおり、両手でジェイクを押しのけようとしたときにはもう手遅れだった。彼の指は胸のふくらみを覆うサテンにかかり、ブラジャーを押しのける。

怒りと欲望がジェイミーの中で争っていた。危険な興奮の流れが、自制心をおびやかす。ジェイクに負けるわけにはいかない——わたしが簡単に欲望の塊になってしまうことを気づかせてはならない。

ジェイミーはなんとか片手の自由を取り戻すと、こぶしをつくって荒々しくジェイクの胸を打った。彼は頭を下げて、ジェイミーの胸に唇を押し当てる。体にキスされて、異教的と呼んでもいいほどの喜びがはじけた。

ジェイミーのこぶしが解けてジェイクの胸にはりつく。別れていたあいだ、いったい幾夜、このようなジェイクの愛撫《あいぶ》を思いうかべたことだろう……いいえ、こんなじゃなかったわ。

以前はいつだってジェイクは優しかったのに、いまは違う。愛撫には暴力的な荒々しさがあり、ショッキングなことに、ジェイミーの体はそれに対して反応を示している。

ジェイクの手がジェイミーの胸に伸び、唇が喉もとの狂おしい脈をとらえる。耳もとには彼のささやきがあった。

「何ひとつ変わっていやしないぞ、ジェイミー。いまでもぼくはきみが欲しいし、きみもぼくを求めているんだから」

そんなことはないと言おうとして口を開いたジェイミーは、ジェイクのキスにぶるっと震えた。ジェイクの動きはぼんやり意識していたけれど、いまやジェイクはいつのまにかシャツのボタンをはずしている。裸の胸にジェイミーの裸の胸が重なったとたん、全身に戦慄《せんりつ》が走るのがわかった。ジェイミーの胸も耐えがたいまでにうずく。

ジェイクの両手はジェイミーの背中を滑り下り、いっそう強く抱きしめる。愛撫の手は腿まで下りて、また上がりはじめた。ジェイクは顔を上げ、生々しい声で言った。

「きみを欲しいんだよ、ジェイミー。きみもぼくを欲しいと言ってくれ」

いつしかジェイミーは過去を忘れていた。体は喜びに満ち、熱烈にジェイクの愛撫にこたえる。

「ジェイク……」

降伏と懇願のこもる長いうめき声に似ていた。ジェイミーは唇を開いてジェイクのキスを待ち受ける。いまはもう、彼の愛撫がもたらす喜びと、完全に所有されたいという思いしか頭になかった。

それなのに、信じられないことに、ジェイクは体を離した。ジェイミーを席に戻し、なんでもないことみたいに彼女の服装を直してから、そっととどめを刺すように言う。

「それじゃ、ぼくと結婚したくないと言ってごらんよ」

ジェイミーは屈辱のあまり真っ赤になった。

「きみはぼくを求めている。そして、ぼくもきみを求めている」ジェイミーが黙っていると、彼はあとを続けた。「きみをこの車の中で自分のものにすることもできたんだぞ。しかもきみは、ぼくを止めようともしなかっただろうね」

「肉体的にあなたを求めたからといって、あなたと結婚したがってることにはならないのよ、ジェイク」

ようやく切り返すと、ジェイクは胸を震わせて低く笑った。

「なるほど。でもぼくは古風なタイプなんでね」からかうように言う。「きみがぼくの体を手に入れたかったら、法的な手段によるしかないな」

いったいどれくらい前から、わたしがジェイクに抵抗できないことを知っていたのかしら？　もちろん知っていたはずだわ。でなかったら、絶対にあんなふうにわたしを愛撫したりしないはずだもの。

ジェイミーは身を裂かれるような苦痛を覚えた。わたしの弱みにつけこんで、こんなにも軽薄にアマンダの代理をつとめさせようとするなんて。それも、ただ、妻をめとる決心をしたというだけのことで。

「わたしをこんな目に遭わせることなどできないはずよ、ジェイク」

震える声でジェイミーは言った。みじめな思いがこみあげてくる。結婚するなんて……ジェイクと結婚するなんて。六年ののち、こうなってしまうなんて。まるで一周して元に戻った感じだった。

しかし、ジェイクのどんなことばよりも、どんな行為よりも、茫然《ぼうぜん》としてしまうのは自分自身の感情だった——わたしはジェイクと結婚したいと願っている。敗北感があった。

「きみのために結婚するんじゃないさ、マークのために結婚するんだから。きみもたまには自分以外の人間のことを考えてみたらどうだ、ジェイミー。マークは重病だ。ぼくらが結婚するというニュース以上に彼を喜ばせることはないんだよ……マークは昔から、そうなることを望んでいたんだからね」

「最初わたしにプロポーズした理由もそれだったのね。聞かなくてもわかっています！」

ジェイクはまるで心を隠そうとするように目を伏せた。顎の筋肉がぴくぴく震えている。

「今夜は過去のことで議論してる暇はないんだ。いくらきみがしたくっても」

「わたしたち、結婚なんかできないわ」

いまとなっては、ささやくような声しか出ない。否定してみても裏づけがないことがわかっているせいだった。

「ぼくらは結婚できるし、事実、するんだ」

ジェイミーの意思を鎖で縛りつけるようなことばだった。でも、本当にそうだろうか？　自分の感情のあいまいさに、ジェイミーはぎょっとした。きらめく指輪を見つめ、抜きとろうとするが動く気配もない。ジェイクがシートベルトを締める音が聞こえ、車を出そうとしていることに気づいて、ジェイミーはパニックに陥って叫んだ。

「本気じゃないでしょう！」

「きみにはわかっているはずだぞ」

「わたしたちが愛し合っているなんて、誰も信じないわ。母だって……」

「きみのお母さんは盲目じゃないよ、ジェイミー」

「どういうこと？」

ジェイミーが争っている相手はジェイクだけでなく、自分自身でもあった。言われるがままになるのは実にたやすい——ほかに選ぶ道がないのだからと自分に言い聞かせ、ジェイクと結婚し、残りの人生を彼の愛を求めて苦しんでいいのなら。

そんなことは耐えられない。自分のほうは愛していながら、彼に愛されていないことがわかっているなんて。ジェイクに触れられるたびに、いつも自分の感情をさらけ出さないように努めなければならないなんて。わたしを欲しいと言ったことばだけは嘘《うそ》ではないようだけれど。

「気持の整理をしておくんだな」

ジェイクは平然と言って、車の運転に集中する。

ジェイミーは狂おしい思いで彼の言った意味を解こうとしていた――母は、わたしがかつてジェイクに夢中だったのを知っているってことかしら？

おそらく、母は知っていただろう。ティーンエイジャーは自分の気持を隠すのが下手なものだし、相思相愛の仲になる前など、わたしはジェイクを追いかけ回していたんだもの。

いちばんきれいな服を着て、ジェイクが義理の妹としてではなくひとりの女性として求めてくれるように、あらゆる手を打ったものだ。それは、うまくいったのだけれど……。

しかし、家を出て何年かたつうちに、ジェイクが自分に感じていたのは欲望だけだったと見極めがつくようになっていた。本当に愛したことは一度もなく、夫に従順な妻になる女だと見ていたにすぎない。また父親の財産をまるごと引き継ぐチャンスだと考えただけのことだ、と。

いまや車はスピードを上げ、飛び降りて逃げ出しでもしないかぎり、押しつけられた喜劇的な事態を受け入れるほかはなさそうだった。ジェイミーは心の中で苦々しくつぶやく――ジェイクは賢いわね、話を持ち出すのをいままで待っていたなんて。

でも、結婚を強制はできないはずよ。たとえこの婚約という茶番劇まではこぎつけたにしても。やっとジェイミーはくつろぎはじめた――まんまと不意打ちに引っかかったけれど、このわなから抜け出す方法は見つけてみせるわ。

なんとか安心して座席におちつき、ジェイミーはジャンパーのしわを伸ばした。ふいに胸にキスされたときの戦慄がよみがえり、胃を締めつけられるような感覚を覚えた。

「あと五分かそこらで着くぞ」

おだやかな口調だが、ジェイミーはだまされなかった。あの企《たくら》みの詰まった頭の中を、どんな思いがよぎっていることやら。

暗闇《くらやみ》の中でも、田舎道の曲がり具合には覚えがあった。ジェイクがブレーキを踏み、ジェイミーは反射的に体をこわばらせる。

マークはその家を、ヨーク市郊外に工場を買うと同時に買い求め、ジェイミーにとっては唯一の家となった。実の父が亡くなったときは幼かったから、この家に移り住む以前のことは何ひとつ覚えていない。

ヴィクトリア女王時代初期の建物で、頑丈で住み心地はいいが、優雅な趣はなかった。車が正門を通りぬけると、いくつかの窓から明かりがもれているのが見えた。

「車を裏庭に止めてくるよ。今夜はもう使わないから」

ふたりはキッチンのドアから家に入った。ジェイミーが先に立ったが、ジェイクに手首を握られたままだった。理由は見当がつく。さっさとスーツケースを降ろしに行ってくれればいいのに。

母は初め、料理人兼家政婦としてこの家に住みこんだのだった。そして、いまでも家事と料理は自分でするのが好きだった。掃除だけは、毎日、村から通いのメイドが来てくれてるけれど。

キッチンの香料のにおいが、ジェイミーをたちまち子供の時代に連れ帰った。母がオーブンの前から振り返ってふたりを笑顔で迎えた。

「ジェイミー、ジェイク！　思ったより早く着いたのね？」

「マークは？」

義理の父の名前が喉につかえ、ジェイミーは心配そうな目を母に向けた。

「今日はとても気分がいいらしくて、居間であなたたちを待ってらっしゃるわ」

婚約指輪のきらめきに気づくと、母はジェイミーの手を取って明かりにかざした。母の無言の問いに自嘲《じちょう》をこめた声で答えるジェイクを見ていると、生まれつきの俳優としか思えない。

「やっと説得できたんですよ。きっと、ジェイミーの気が弱っているときにぶつかったんでしょう」

まるで、彼のジェイミーに対する気持は誰もが知っている事実のような口ぶりだった。母がうわずった声で言う。

「まあ、このクリスマスには驚かすことがあるってあなたは言ってたけれど……わたしは、こういうことだとは夢にも思わなかったわ」

「本当かな？」

「あの、もしかしたらとは……わたしたち、こうなるのを願っていたって言ったほうが正確ね、あなたのお父さまもわたしも。マークはこのことをどんなに喜ぶでしょう。あなたが婚約を考えているってほのめかしただけで、あんなにうれしそうにしてらっしゃったんだもの」

ジェイクが婚約をほのめかしたときには、まったく別の女性を花嫁にと考えていたことを知ったら、母はどう言うかしら？

「さあ、中に入ってマークに話してあげて。わたしはコーヒーをいれるわ」

ホールに出たとたん、ジェイミーは苦々しげに噛《か》みついた。

「マークが、あなたの婚約を期待してらしたこと、あなたはひとことも言わなかったわね」

「言わなかったかな？　言うつもりでいたんだが、たぶん、うっかりしたんだろう」

「だからこそ、こんな茶番をわたしに押しつけた、そうなのね？　あなたのプライドを守るために。断られたことを認めるなんて耐えられなかったからでしょう！」

自分のひとことひとことが、身を引き裂かれるような荒々しい痛みをいっそう深める。それでいて、ジェイミーは黙ってはいられなかった。

「ぼくの行為はどちらかと言えば利己的なものじゃないってことが、まだきみにはわかっていないらしいな？　たしかにぼくは、このクリスマスに婚約するってほのめかしたさ。でも、ぼくが守ろうとしているのはぼく自身のプライドなんかじゃない。マークなんだよ、ジェイミー」

ふたりは立ちどまり、まっすぐ向き合って小声で激しく言い争っていた。

「結局はきみが、やっとの思いで手に入れたぼくの花嫁なんだから、白紙に戻すのはきみの役回りさ。それが公平なところだろう？　ぼくはマークを失望させることなんかできないもの……」ふいにジェイクの怒りが消え、彼は静かに言った。「それに、ぼくらの結婚は必ずしもそう悪いとはかぎらないさ、そう思わないか？」

一瞬、ジェイミーはジェイクの訴えるようなまなざしに息もつけなくなった。これは、わたしの想像かしら、それとも本当に……。

「ジェイク！」

キッチンのドアが開き、母がトレイを手にホールに出てきて、ふたりの姿を見て眉を上げる。ジェイクはにやっと笑った。

「ぼくらは、まだ婚約したてでね」

信じられないことに、ジェイミーは顔が赤くなるのを感じた。母が居間のドアを開け、ふたりもあとに従う。マークは暖炉の前に座って新聞を読んでいたが、ふたりの姿を見たとたんに目を輝かした。

ずいぶん痩せてしまって——ジェイミーは心が痛

んだ。義父の喜んだ表情を見るにつけても、罪悪感に心がうずく。

「おやおや、これは驚いたな！」

マークはジェイミーからジェイクへ、またジェイミーへと視線を移す。ジェイクはジェイミーの背中に手を当てて押し出しながら言った。

「早めのクリスマスプレゼントですよ」

「ぼくの義理の娘がかい？」

灰色の眉をぐいっと上げるようすはジェイクそっくりだ。ジェイクはジェイミーの腰に片腕を回し、首を横に振る。

「あなたの義理の娘に変わりはないが……ぼくの未来の妻ですよ」

疲れた表情にみなぎる喜びは、ジェイクの話を裏書きしていた。ジェイミーは抵抗するすべもなく、マークのからかいのことばを聞き、しかるべきところで微笑を浮かべた。

「おまえたち、結婚までなんて待てないんじゃないかな」

質問ではなくて断定だった。ジェイミーのなかでパニックが暴れ出し、喉が痛む。ジェイクの返事も自信たっぷりに聞こえた。

「長くはありませんよ。クリスマスのあと、できるだけ早く式をすませて、ここからまっすぐスイスに飛ぶ予定だから」

スイスですって？ そういえば、ジェイクは毎年、年頭の三週間ばかりスキーに出かけていたんだわ。母はコーヒーを注《つ》いで、カップをジェイミーに手渡す。マークはシャンパンにこだわっているようだった。

「ジェイミー」

はっとして顔を上げると、義父がじっと見つめていたことがわかった。

「わたしがどんなにうれしいか、おまえに改めて言うまでもあるまい。昔から望んでいたことなんだよ――おまえとジェイクが結ばれることは」

義父はすっかり弱々しくなっていて、ジェイミーは心配と愛情に胸が痛む。すべてはお芝居だなんて、どうして言えよう。マークの頭越しにジェイクを見ると、彼の目はジェイミーの心を読んで勝ち誇っていた。

6

翌朝は、カップの触れ合う音といれたてのコーヒーのかぐわしい香りでジェイミーは目を覚ました。母がベッドのそばの小物入れの上にトレイを置いたところだった。

「ママ、こんなことしなくていいのに。忙しいのだから、わたしの世話までしてくれなくても」

時計を見て十時を回っていることにショックを受ける。こんなにぐっすりと眠ったのは、いったい何カ月ぶり、いや何年ぶりのことだろう。

「何を言ってるの！　あなたは少しくらい甘やかされる権利があるわ。それに、しょっちゅう甘やかすチャンスがあるわけでもないんだから」

罪悪感がジェイミーをとらえる。コーヒーはおいしかった。母ほど上手にコーヒーをいれられるひとはほかにいない。

「マークの具合はどう？」

「残念だけど、あまりよくないの。ドクター・フォースターの言いつけはきちんと守って、しっかり養生してるんだけど……」

「ジェイクの話だと、新薬が出る可能性があるんですって？」

「ええ。でも、使用許可が下りるまでに早くて一年はかかるのよ。ドクター・フォースターの話だと、テストの結果はきわめて有望だってことだけど」

母は手を伸ばしてジェイミーの腕を押さえた。

「マークにとって、あなたたちのニュースがどんなに意味があることか、とても説明できないくらいよ、ジェイミー。マークは昔からあなたが大のお気に入りだったわ。わたしと結婚したのも、わたしを妻にしたかったからか、あなたを娘にしたかったからか、ときどきわからなくなったほどなの！」

母は自分のジョークに微笑したが、すぐさま真剣な表情に戻った。

「あなたとジェイクが結婚するってニュースは、まさにマークが必要としていたものなの。これで、もう少しがんばって人生に執着してくれるでしょう。ときにはひどい痛みがあって、ドクター・フォースターにも痛みを止める手だてがないの。わたしがいちばん恐れていたのは、痛みに耐えられなくなってマークが病気と戦うのをやめてしまうことだったのよ」

母の目に浮かんだ涙に、ジェイミーはショックを受けていた。大人になるまでの年月、母こそは慰めと安心を与えてくれるひとだったのに、いまは役割が逆転しようとしているのだから。

うつむいた母の頭を、ジェイミーはぎこちなく撫《な》である。言うべきことばも見つからなかった。ありふれた慰めのことばなど、この状況では無意味だったから。

「ばかみたいね、こんなに取り乱したりして。ただね、あなたたちのニュースがあんまりタイミングがよかったものだから――まるで祈りに答えていただいた気持なの。マークが最初の発作を起こしたとき、ジェイクはたしかに結婚を考えているってほのめかしたけど、でも、わたしたち、夢にも思わなかったわ――マークにとっては、ひそかな夢が現実になったようなものなのよ。昔から、あなたたちふたりが結ばれることを願ってらしたから……。午後は教区の牧師さんに会いに行かなくちゃならないの。わたしがクリスマスイヴの聖歌隊とお祈りの舞台づくりの責任者だから。ジェイクはあなたといっしょについてくるって言ってたわよ――牧師さんと結婚式の手順を相談したいからって。あなたたち、ふたりとも静かなお式にしたいらしいわね？」

ジェイミーに何が言えるだろう？　母の目にきらめく希望と喜びを、どうしてぶち壊しにできよう？　振り返ってみれば、ささやかではあっても、母に対してどれくらいわがままにふるまってきたことか。そして、母からどれほどの愛と気配りを受けてきたことだろう。いまこそお返しをする時だった。

「ドレスの手配はしてあるの？」

「まだ何も――時間がなくて。ヨークで適当なものが見つかるんじゃないかと思うけど。でも、ドレスよりシルクのスーツか何かがいいわ」

「そう。それじゃ明日一日、ヨークで過ごしましょうか。いずれクリスマスの買い物の仕上げに行くつもりでいたの。もちろんクリスマスの翌日の恒例のパーティーは開く予定だから、あなたたちの婚約を発表する絶好の機会になるわ――それに、結婚の日取りもね。ベスとリチャードは来てくれるって言ってた？」

事態はわたしの手から離れてしまったと、ジェイミーはどうしようもない思いで考えた。せめて、母の熱っぽい質問の洪水だけでも食いとめなくては。

「ママとマークに、最初に知らせたかったのよ。もちろんベスには来てほしいけど……」

寝室のドアが開き、ジェイミーの目が丸くなった。ダークスーツ姿のジェイクが入ってくる。

「これから工場に行くんだが、出かける前に〝おはよう〟を言いに寄ったというわけさ」

母はうっとりと微笑を浮かべて立ちあがった。

「教区の牧師さんに会いに行くのは午後の三時だけど、あなたもそれでいいかしら、ジェイク？」

「いいですよ。ひとと会う約束もないし、クリスマス休暇の前に片づけておきたい書類が二、三あるだけだから……そうそう、そういえば、社員の忘年会が明日の夜なんだ。きみに言っておくのを忘れていたんだけど、ダーリン、ぼくらももちろん顔を出さなきゃいけない」

しゃあしゃあとダーリン呼ばわりされて、ジェイミーはかっとなった。

「わたしはたぶん出られないわ、ジェイク。ふさわしいドレスなんて持ってきてないもの」

一瞬の沈黙が流れ、ジェイミーは母がかすかに眉を寄せて自分を見ていることに気づいた。ちょっと口調がきつすぎたかもしれないけれど、ジェイクの思いのままにあやつられるのはうんざりだった。

「明日、きっと、それくらい見つかるわよ、ジェイミー。楽しいパーティーなのよ。マークとわたしは毎年出席してたんだけど、今年は……。でも、あなたたちふたりが出席してくれれば、マークもきっと喜ぶわ。社員もとても喜んでくれてるし、会社の行事みたいになってるの」

またもや敗北だった。ジェイミーは怒りをのみこみ、皮肉っぽく答える。

「それじゃ、多数決でわたしの負けね」母はすでにドアを開けて出ていこうとしていた。「引きとめないわ、ママ。出ていきたくてうずうずしてたんでしょう？」

「真新しいフィアンセに朝のあいさつをしに来たぼくほどうずうずはしてないさ」

サテンのようになめらかな口調。婚約したての男性にふさわしい目のきらめき。だが、ジェイミーはだまされはしなかった。母が後ろ手にそっとドアを閉めたとたん、攻撃に転じる。

「あなたがここで何をしてるのか知らないけれど、出ていっていいわよ――いますぐ。それとも、まんまとわたしをわなにかけて思いどおりにあやつった結果を、得意になって眺めに来たってわけ？」

ジェイクはきゅっと唇を結んでベッドに歩みよった。ふいにジェイミーは、短いサテンのナイトシャツ一枚でベッドに横たわっている自分を意識してしまう。

自分の弱さを、そして欲望を強烈に感じる。ジェイクは手を伸ばした。しかしジェイミーには触れないで、彼女の飲みさしのコーヒーカップを取るといっきに飲みほした。

「うまい。きみのお母さんみたいにコーヒーをいれられるひとはほかにいないな……。ぼくがここに来たのは、きみのお母さんがそうすることを期待してると思ったからさ。それだけの話だよ」

言われてみればそのとおりで、ジェイミーの心はしぼんでしまう。ふと、なぜかジェイクを悩ませたくなって、苦々しげに言った。

「あなたにとっては、それもいいでしょうよ。何も自分の人生を無理やり犠牲にさせられたわけじゃないんだから。あのね……」

ジェイミーは息をのむ。ジェイクにいきなり肩をつかまれて、ベッドから引きずり出されそうになったからだ。タフィー色のナイトシャツが胸にはりついているのには目もくれず、彼は怒りに唇を結んでジェイミーを荒々しく揺さぶる。

「いったいいつになったら大人になるんだ？　もちろんぼくだって犠牲は払っているさ。もしかして、きみと同じようにぼくもこの結婚を望んでいないかもしれないとは、思ったこともないのか？　きみさえお節介をやかなければ……」

「お節介ですって？　そんなことをした覚えはないわよ。アマンダがわたしに会いに来たのであって、その逆じゃないんですからね。それに、もしわたしと結婚したくないのなら、昨日のことはどうなるのかしらね？　あなた、わたしを欲しいって言ったのよ」

「そのとおり」口もとが嘲笑《ちょうしょう》にゆがむ。「でも、その欲望を満たすためなら、何もきみと結婚しなくてもすむからな」

あまりの傲慢《ごうまん》さにジェイミーは口もきけなくなった。ジェイクは声をあげて笑い、いかにも自分のものだと言わんばかりにジェイミーの胸を片手で覆い、親指でそっと愛撫《あいぶ》する。

「いま、きみを自分のものにすることだってできる。それどころか、そのあいだじゅうきみを楽しませて……もっと、と言わせることだってできる。でも、そのためにきみと結婚するんじゃない」

「そうね」ジェイミーは寂しげな口調で同意した。「あなたはマークのためにわたしと結婚するんですもの。マークはあなたの実の父親で、あなたは彼を愛しているんだから」

ジェイミーはやっとの思いでこみあげてくるものをのみくだす。ふいに、自分がほとんど変わっていないことに、どうごまかしようもなく気づいたせいだった。わたしは相変わらずジェイクの愛を求めているんだわ――苦々しい事実に圧倒されて、にじんでくる涙をあわてでまばたきしてごまかす。

「そう」ジェイクは重々しく答え、手を離して立ちあがった。「ぼくがきみと結婚するのは、愛のためなんだ」

完全にわなにはまってしまった思いだ。ジェイクは部屋を出ていった。そしてジェイミーは、マークへの愛と献身のためだけでなく、彼女自身、ジェイクの妻になりたかったのを認めた。

子供のときからずっとジェイクの妻になりたかったけれど、こんなふうにして、愛抜きでではなかった。六年前に家を出たとき、自分を愛していない相手とは結婚しないと誓ったのに。

それなのにいま、こうしてまさにそういう結婚に踏み切ってしまった。喉もとに熱いものがこみあげ、心の痛みとみじめさに全身がうずく――もはや結婚からは逃れられないにしても、せめてジェイクに心の中を見すかされることからだけは逃れられるんじゃないかしら？

「この通りに目をつけておいた小さなお店があるの。わたしは一度も買ったことがないんだけど、ウインドーにはよくすてきな服が出てるのよ。店を経営している若い女性がほとんど自分でデザインしてて、花嫁衣装やフォーマルなガウンが専門ね」

母のあとについてヨーク市内の風変わりな狭い小路をたどりながら、ジェイミーはため息をこらえていた。事態は恐ろしいスピードで走り出していて、運命さえ自分に対してわなを仕掛けているような感じを抱いてしまう。

「伝統的なウエディングドレスを探してるんじゃないのよ、ママ」

「あら、わかってますよ、ジェイミー。でも、メレディスの店にどんな品があるか見てみたって、別に悪くはないでしょう？　それに、今夜着るものを買うことも忘れないで」

言われるまでもなく、今夜の夕食会を兼ねたダンスパーティーのことはずっと気になっている。この心もとない心境では、ジェイクのすてきなフィアンセの役をうまくこなせるかどうか。

メレディスに希望の品について説明するのを母にまかせたのが失敗だった。小柄なブロンドの女性はにっこり笑ってサテンとレースでできた泡のように軽いドレスを何着か取り出す。

「わたしが欲しいのは、こういうのじゃないのよ。こういうのは、わたしより若いひと向きのドレスだわ」

「何をばかなこと言ってるの。あなたはまだ二十四歳じゃないの……あなたの気持はわかるわよ、ジェイミー、わたしも同じように感じてたから。でも、あとになって後悔したものよ」

「高そうなドレスじゃないの」メレディスが席をはずしたすきにぴしゃりと言う。「わたしにはとても手が出ないわ、ママ」

「それだったら問題ないわ」母は勝ち誇ったようににっこり笑った。「あなたのウエディングドレスはマークが買いたいと言ってるの……お願い、ダーリン、マークにとってはとても大事なことなのよ。あなたのことは実の娘同様に思ってるんだもの。わかってるはずよ」

「わたしにわかっているのは、本当の娘だったら近親相姦《そうかん》の結婚になるってことだけ」

皮肉などなんの役にも立たなかった。女店主はぜひにと試着をすすめる。信じられないほど細いウエストからクリーム色のシルクがふわっと広がり、レースと真珠で飾ったボディスはかすかに中世ふうの趣があった。

「これ、実は人形に着せた見本ですからサイズは小さくなっています。お望みなら、必要な手直しも、すぐにしますわ」

やっぱり、運命もわなを仕掛けていたんだわ。ドレスはぴったり合い、まさかと思ったウエストさえ計ったようにジェイミーに合った。母の顔を見たとたん、反抗する意思さえ失ってしまった――ママはわたしにこのドレスを着てほしいんだわ。

「ぴったりのお品がございます」パーティーに着るドレスも探しているのだがと話すと、メレディスはすかさず答えた。「そのウエディングドレスと同じサイズだから、ぴったりなはずですわ。ちょっとお待ちくださいね」

女店主は店の裏手からドレスを抱えて戻ってくると、ジェイミーの前に広げてみせる。コバルトブルーの厚手の布地に小さな黒いビーズでみごとな模様が浮き出ている。

ラテンアメリカの踊り子たちの衣装を思わせるデザインだが、ありがたいことに、それよりは上品な仕上がりだった。そのことを話すと、メレディスは大きくうなずいた。

「ええ、ヒントはそこからなんです。ああいうドレスって、すばらしくセクシーでしょう？　これはとても及びもつきませんけれど、でも強烈な印象を与える自信はあるんです」

ジェイミーは首を横に振った。こんなドレスを着てジェイクの前に出ると考えるだけで、胸がどきどきしてくる。つつましい長袖《そで》とハイネックになっているとはいえ、体にぴったりまつわりつくようすは想像できる。そのようにデザインしたドレスだから、ごく薄い下着しかつけられないだろう。

「きれいだけど、会社のパーティーにはちょっと大胆すぎるわね」

「何をばかなことを！」

「だってママ、流行の先端よ」

「そんなことがあるものですか。ロンドンでなら、誰ひとり眉ひとつ動かさないでしょうよ。ここだってそんなに時代に遅れてるわけじゃないの。とにかく着てごらんなさい」

もちろん、ブラジャーははずすしかなかった。しぶしぶ着てみると、思ったとおり、体に吸いつくようだ。前は全部隠れているけれど、後ろときたら背骨の下あたりまであいていて、バイアスカットのハンカチーフポイントのスカートは歩みにつれて挑発するように揺れる。

「わたしの言ってた意味、わかるでしょ、ママ?」

「すごいじゃないの。ジェイクが反対するんじゃないかって心配なの? たしかに彼には嫉妬《しっと》深いところがあるけれど、恋をしている男性はたいていそういうものなのよ。でも同時に、ジェイクはとても誇らしく思うでしょうね。わからないの? ジェイクはあなたを見せびらかしたいと思ってること」

とんでもない思い違いだと言おうとして、ジェイミーはあわてて口をつぐんだ。いまとなってはあと戻りはできない。好むと好まざるとにかかわらず結婚に踏み切ってしまったのだから。ジェイクは自分を愛してるのではなく、ただ欲望をそそられているだけだと母に打ち明けたところで、いまさらなんの役にも立ちはしない。

「ふたつともいただくわ」

試着室に母の声が聞こえた。

そのあとはクリスマスの買い物につき合い、母が言い張るので花屋に行って結婚式の花の手配をすませた。

「本当に、こんなに大騒ぎをする必要なんかないのよ」

花屋を出たとたんにジェイミーはこぼしたけれど、言っても無駄なことはよくわかっていた。母はショッピングを楽しんでいるのだし、楽しんでいけない理由がどこにあるだろう？

少なくとも、そのあいだは、マークのことを心配しないでいられるのだもの――母が年取って、しわも増え、昔ほど活力にあふれていないことはジェイミーも気づいていた。今日は、その活力がつかのまよみがえったのだろう。

ヨーク市を出るときになって初めて、ジェイミーはジェイクにクリスマスプレゼントを買っておかなければいけなかったと思い出した。車に向かう途中で、母もはたと足を止める。

「しまった。美容院をのぞいて、結婚式にわたしの髪をお願いしたいって予約をしておくつもりだったのに。明日、店を閉めたら、開くのはクリスマスのあとだから、やっぱり行ってきたほうがいいわね」母はジェイミーに車のキーを手渡す。「それじゃ、あなた、車の中で待ってて」

愛していながら嫌っている相手にクリスマスと結婚とを兼ねたプレゼントを探すことなんて、とても三十分以内にできるはずもない。だが、母と別れたところから二軒先に小さな宝石店があった。

金や貴石を使った手づくりの品を扱っている店で、ウインドーをのぞいたとたんに、カフスボタンが目に入った。まさにぴったりの品だった。値札はついていないけれど、高そうだ。

金の両側に小さなダイヤモンドがあしらってあるのが、いかにも豊かな感じを与える。贅沢《ぜいたく》な感じで、しかも平凡ではなく、貴石の色はジェイクの瞳の色とそっくりだった。

女性からとても大切なひとにだけ贈るにふさわしいプレゼントだ。粋《いき》でお金持の女性が愛人に買ってやる品物と見えなくもない――ジェイミーの口もとに微笑が浮かんだ。

気が変わらないうちにと店に入る。予想したとおり高価だったが、ジェイミーは目をつぶるつもりでクレジットカードを差し出す——包みを開いたときのジェイクの顔を見るためなら、それだけの値打ちはあるんだもの。

母もマークも、恋に夢中のフィアンセからの贈り物と思うに違いないけれど、ジェイクにはわかるはずだ——あなたはわたしを欲しいと言ったけど、わたしだってあなたが欲しいし、楽しみのお代は支払うつもりよ。カフスボタンはそう語ってくれるはずだ。

ジェイクはかんかんに怒るでしょうけれど、すべてが自分の思いどおりに運ぶわけではないってことくらい、そろそろ気づいていいころだもの。

ジェイミーが車に帰ってまもなく母も戻ってきた。日のあるうちから気温はぐんぐん下がり、いまでは肌を刺すように冷たい。母は車に乗りこみながらつぶやいた。

「今夜雪が降っても、わたしなら驚かないわね。空気の中にそんな気配が漂ってるもの」

「怖がってるのか？」

「あなたを？　それとも今夜のことを？」

ジェイミーは切り返す。ジェイクはホテルの前に車を止め、ライトを消した。ジェイミーは、実はひどくおちつかない気分だったけれど、ジェイクには気づかれたくなかった。ジェイクは口を固く結んだまま、車のドアを開ける。ジェイミーは強い寒気にぶるっと震えた。

「コートを持ってくるべきだったな。ここはロンドンとは違って冷えこみもきびしいんだから」

「わたしはここで育ったのよ」歯をがちがち言わせながら言い返す。「ただ、外出することになろうとは思わなかっただけ」

「それじゃ、来いよ。ひとっ走りしよう」

淡雪が早くも駐車場に積もりはじめていた。ジェイクがジェイミーの背中に片腕を回して支える。デイナージャケットのなめらかな生地がむき出しの肌に触れ、妙にエロティックな感覚を呼びおこしてジェイミーはまたぶるっと震えた。

ほかにも心配事を抱えているせいか、パーティーは覚悟していたほど大変ではなかった。びっくりするほどたくさんの社員がジェイミーのことを覚えていてくれたせいだろう。

ティーンエイジャーのころ、夏休みの一時期を義父のオフィスでアルバイトをしていたおかげだった。誰もが好意的で、すぐさまジェイミーを母の代理としても未来の社長夫人としても受け入れてくれた。

ダンスが始まると、ジェイミーはほとんどの曲を踊ることになった。ジェイクと踊ったのはほとんどの曲をだったが、無意識に背中を愛撫していた指の動きを思い出すだけでも全身がぞくっとする。

帰宅の時間になってホテルのドアが開かれると、雪が吹きこんできた。ジェイクが興奮しているのに気づいたけれど、ジェイクもわたしが興奮していることを明らかに知っていたわね。

「外はひどいな」誰かが言った。「家まで車で帰るのは骨だぞ、ジェイク」

駐車場には五、六センチも積もっていたが、なおも雪は降りしきる。おずおずと外に踏み出したとたん、ジェイミーははっと息をのんだ。いきなりジェイクに抱きあげられたからだ。

「花嫁を肺炎にしたくはないからな」

面白がって見ている社員たちに、ジェイクはふざけて言う。彼は車のところに着くまでジェイミーを降ろそうとしなかった。しかも、手ざわりを楽しむようにのろのろと降ろす。

「よして、ジェイク。こんなのいやよ」

「嘘《うそ》つきだな！」

それでもジェイクは車のドアを開けにかかった。

駐車場を出る彼のハンドルさばきを見て、ジェイミーはほっとした。こんな天候のときに信頼できるドライバーは、ジェイク以外にいなかった。

それでも、話しかけて気を散らせる危険は冒せない。ジェイミーは降りしきる雪を見つめていた。やがて車は幹線道路をそれたが、とたんにタイヤが横滑りを始める。

「わたしたち、ホテルに泊まったほうがよかったんじゃない?」

「泊まろうとしたさ。でも、部屋がひとつしかなくてね」彼はにやっと笑う。「がっかりしたのか?」

まるでジェイミーの心の中に渦巻くエロティックなイメージを見すかしたようなことばだった。彼女は胸の痛みを押しつぶした――絶好のチャンスを見逃すなんて、彼は本当にわたしを求めていると言えるのかしら? ジェイクがことばをそえる。

「招待客の何人かはすでに部屋を取っていたんだよ。そうなると、ぼくらが同じ部屋に泊まったりすれば、ゴシップの種になる。ここはロンドンとは違うんだからね――一定の行動基準ってものが求められるわけさ」

「その行動基準も、昔はあなたにストップをかけなかったわね」

言ってしまってから、ジェイミーは体をこわばらせた。いったいなんだって、こんなことを言ったりするの?

「きみに言いよることにストップはかけなかったかもしれないが、ホテルに公然と泊まってきみをゴシップにさらすようなことをした覚えはないぞ」耳ざわりな声で言ってから声をあげて笑い、言いそえる。「きみはぼくを数ある愛人のひとりと取り違えてるんじゃないか? その連中、ぼくがきみに教えたことを正当に評価してくれたのであってほしいな」

運転中でなかったら、思いっきり平手打ちしていたところだ。それもかなわず、ジェイミーは怒りを抑えて心の痛みにも気づかないふりをする。

ジェイクはそんなふうにわたしを見ていたのだろうか？　ある男のベッドから別の男のベッドへと、気楽に泊まり歩くような女だとでも？　ふたりが分かち合ったものがジェイクにとってはなんでもなかったものだから、わたしにとってはどんなに重大なことだったのかもわからないのね……。

「ここまでだな、残念ながら。車ではこれ以上は進めない」

ジェイクのことばにはっとしてわれに返ると、車はいつのまにか止まっていた。窓からのぞくと、家に向かう小道のなかばだとわかった。

「タイヤが雪に深く埋もれてしまって、これ以上無理するのは危険だな。これからあとの七、八百メートルは歩くしかあるまい」

歩く、ですって？　ジェイミーはジェイクを見つめて、ごくんとつばをのんだ。ハイヒールはきゃしゃすぎるし、背中が丸出しなのにコートも持ってきていない。

「後ろの座席にシープスキンのジャケットがあるから、きみが着るといい。さあ、少しでも早く出発したほうが歩きやすいぞ――出てくるときは、こんなに大雪になるとは思わなかったんだが」

ジェイクは後部座席から羊の皮のジャケットを取ってジェイミーに手渡す。ずっしりと重いジャケットを着ると暖かかったが、長すぎる袖だけはどうにもならない。ハイヒールは役に立たないどころか、かえって足もとが危うくなるだけだから、車内に脱ぎ捨ててストッキングだけで雪の上に降り立つ。

ジェイクは車をロックするのに忙しくて、ジェイミーのことは見ていなかったらしい。すでに数メートル先を歩いていたジェイミーにやっと追いついたくらいだから。

最初のうちは、それほどひどくはなかった。雪は降りつづけ、冷たい雪片が鋭く肌を刺し、髪を濡《ぬ》らす。だが、シープスキンのジャケットは暖かく、足のことも気にしなければなんともなかった。

車寄せに続く門まであとわずかというときになって初めて、ジェイミーは足の感覚がなくなっていることに気づいた。ジェイクはジェイミーに合わせて歩みを遅らせ、けげんそうに振り返った。ちょうどそのとき、ジェイミーは足を滑らせて前に倒れこんだ。

雪が柔らかく受けとめてくれたものの、やはりショックだった。疲れきって凍えた体は動こうとせず、ジェイミーは目をつぶった。このままじっとしていたい——だが、ジェイクは許してくれなくて、雪だまりから彼女を引き起こし、腹立たしげに呪《のろ》いのことばを吐きながら雪を払い落とした。

「いったいどう……」

ジェイミーがのろのろと目を上げると、ジェイクは信じられないものを見たように、怒り狂ってジェイミーのはだしの足を見つめていた。

「ハイヒールしか持ってこなかったんだもの」おちつきをなくして口ごもる。「あのう……」

「頭がどうかしたのか？　まったく……」

ジェイクは首を横に振ると、ジェイミーが歩けると言い張るのを無視して抱きあげる。

「歩くって？　いやいや、ぼくの手を借りるくらいなら四つん這《ば》いになってでも行くって言いたいんだろう？　わかってるさ。なんてばかなんだ！　凍傷になっちまうぞ」

ジェイクの動悸《どうき》が激しくなっていることも、怒りを抑えているために声がこわばっていることも、ジェイミーにはわかった。

「凍傷なんて、ちょっとオーバーじゃない？」

抱かれてみると、元気が出てきて、ジェイクの体のぬくもりに、ほとんどぼうっとなっていたと言ってもいい。心の中で小さな声が、自力で歩いて帰ると言い張らなくては、とささやく。けれども、ジェイクに抱かれている気持のよさに負けて、とてもそんなことは口に出す気にならなかった。

いまや雪はゆっくりと舞い、ジェイミーはジェイクの顔にかかった雪を払う。いつまでもこうしていたい……。ジェイクがまばたきし、雪がひとひらまつげに留まった。ジェイミーは舌で雪片を溶かした。

「ジェイミー、いったい自分が何をしてると思ってるんだ？　酔ってるのか？」

きびしい声にぎょっとして、ジェイミーは現実に戻った。しばらく考えてみて、酔ってはいないと結論をくだす。ワインをたった三杯飲んだだけだもの。たしかに、すごくいい気持だけれど……。

「酔ってなんかいないわ」

重々しく言い、ふいにぶるっと震える。いつのまにか家に着いて、ジェイクに降ろされてしまった。

「でも寒いわ」小声で抗議する。「とっても寒いの」

ジェイミーはがたがた震えはじめた。ジェイクはドアを開け、明かりをつけた。もちろん母とマークは夜ふかししない習慣だから、とっくにベッドに入っているはずだ。ジェイクは玄関のドアを閉め、またジェイミーを抱きあげて階段に向かう。

「ここにいろよ」ジェイミーのベッドにほうり出すと、ジェイクは言った。「何か飲み物を持ってくるから」

ひどく寒い。凍りつきそうだった。ぶるぶる震えながら、熱いお風呂に入りたいと思う。よろよろして浴室まで歩くと、勢いよくお湯を出しておいて、かじかんだ手でドレスを脱ぐ。

「ジェイミー！」

ジェイクの声にぎょっとして振り返った。そういえば飲み物を持ってくるって言ってたわね。いまさらドレスを着ようとしても手遅れだとわかっていながら、ジェイミーはあわててドレスをつかむ。ジェイクが浴室のドアを開けた。

「いったい何をしてる？」

「お風呂に入るのよ」怒りをこめて、ぴしゃりと言う。「見ればわかるでしょう？」

あきれたことに、ジェイクは出ていこうともしないで噛《か》みつくように言った。

「それじゃ入れよ。入れったら」

入れって？　あなたの見ている前で？

「何をするの……」

ぎょっとして息をのむ。ジェイクはジェイミーを抱きあげると、手早くストッキングと下着をむしりとり、ざぶんとお湯の中に落とした。

「出ていってちょうだい」

ジェイミーは腹立たしげに抗議した。さっきのことを考えると、顔が赤くなってしまう。

「だめだね。いまのきみの状態では、ぼくが背を向けたとたんに溺《おぼ》れかねないからな」

「悪くないアイディアだわ」皮肉たっぷりに切り返す。「そうすれば、少なくともあなたと結婚しなくてすむもの……。ジェイク！　何をしてるの？」

声が震えてしまった。ジェイクが上着を脱ぎ捨て、シャツの袖をまくりはじめたからだ。ジェイミーより早くスポンジを取ると、バスタブにしゃがみこんで彼女の足をつかまえ、スポンジでごしごしこする。

足に感覚が戻ってくる感じは、針を刺されているような痛みをともなった。ジェイミーは唇を噛んで苦痛に耐え、目を固く閉じてこみあげてくる涙をこらえる。ジェイクの声には同情のかけらもなかった。

「そもそも靴もはかないで十五センチもの積雪の上を歩くなんて、なんてばかなことをしたんだ。当然の報いだよ」

「もとはと言えば、誰のせいかしらね！　申しぶんのないホテルの部屋を断ったのも、雪だまりで車を立ち往生させたのも、わたしじゃないんですからね」

「そう。そのとおり」

ジェイクの柔らかな口調に、ジェイミーはおちつきを失った。かっとして言い争っているうちに、自分が裸だということを忘れていた。はっと気づくと、全身が赤くなっていく。

「実に興味深いな」ジェイクはクールなまなざしで、ジェイミーの肌が色を変えていくのをまじまじと観察する。「きみの年齢でそれほどの経験のある女性が、こんなふうになるとは思わなかったよ。で、ホテルの件だが、そのせいでそんなにぷりぷりしているのなら……」

いきなりバスタブから抱きあげられて、ジェイミーは悲鳴をあげて抗議した。息を切らして降ろしてほしいと言いながら、同時に落ちるのが怖くてジェイクの肩にしがみつく。

「口で言ってることと」寝室に入りながら、ジェイクはからかうように言った。「体の言ってることは、まるで違うぞ」

はっとしてわれに返り、ベッドにほうり出されたとたんにジェイミーはジェイクから遠ざかった。

「オーケイ、たっぷり楽しんだでしょ、ジェイク。でも、もうおしまいよ。お願いだから出ていってちょうだい」

「だめだね。きみがもう凍えていなくて凍傷にかかる心配もないと納得するまでは」

顔では笑っていたが、目の光がジェイミーをはっとさせる。

「わたしなら、もう完全にだいじょうぶ」

せっかくのクールな口調も、震えてしまっては効果がなかった。

「さあ、これを飲めよ」

彼はブランディを手渡す。さっき、二階に運んできてあったのだろう。ジェイミーは顔をしかめて飲みほすと、ベッドサイドのテーブルにグラスを置いた。スタンドの明かりが胸のふくらみを照らしていることにも気づかないで。

「ちゃんと飲んだわよ、ジェイク……」

向きなおったとたん、彼の表情に気づいてあとが続かなくなる。

「ジェイク？」

喉がからからになり、こわばって痛いくらいだ。自分の体がジェイクの強烈な視線をとらえていることがわかる。体を隠したいと思いながら、逆にジェイクに見られることで熱い興奮がわきあがってくるのもわかっていた。

「ジェイク」

自分の耳にも、非難しているよりは嘆願しているように聞こえる。

「きみがどんなに女らしいか、忘れていたよ」

しわがれた声に、ジェイミーは身震いした。ジェイクは手を差しのべ、指先が胸のふくらみをかすめる。よけるのはたやすいことだけど、なぜかジェイミーはよけたくなかった。

なぜかですって？　自分をだますつもり？　わたしはこの時を求めていたんじゃないの。あんまり長いあいだ求めていたものだから、待つことが性格の一部になったくらいなのに。

まるで自分にではなくほかの誰かの身に起こっていることのように、ジェイミーは胸がふくらみ鋭いうずきが容赦なく体全体に広がっていくのを、意識していた。

ジェイクのシャツが濡れているのは、わたしをお風呂から抱きあげてくれたせいだ。ジェイミーは黙って、震える指で彼のシャツのボタンをはずす。ことばなどひとこともいらなかった。

ジェイクはシャツを脱ぎ捨て、ジェイミーを抱きよせる。がっしりした胸を自分の胸に感じるのは、ジェイミーにとっては快い苦痛だった。

「ジェイミー」

震えるような熱い欲望がジェイミーの背筋を走る。ジェイクの唇が唇を覆う。はてしない時の中にジェイクの両手と唇による愛撫がある。ジェイミーはすべてを忘れてぐったりとなった。

「ジェイミー」

肌に息がかかり、ジェイクが首筋にキスをする。ジェイミーは頭をのけぞらせ、興奮に全身を震わせていた。ジェイクの手が首筋から胸へと滑り、彼がそっと耳たぶを噛んだ。

吐息のように優しく、ジェイクの手が胸のふくらみをなぞる。あまりにデリケートな愛撫は拷問に近い。ジェイミーはいらだって抗議のことばをもらし、たちまち胸にキスを受ける。

「これがきみの望んでいることなんだね、ジェイミー、そうだろう？」

答えは降伏を物語る低いうめき声だった。ジェイミーはジェイクの髪に指をからまし、自分の胸に押しつける。ジェイクの両手が肌を滑って、ジェイミーをベッドに横たえた。

「ジェイク……」

唇が胸からはずれ、ジェイクが体を離すのを感じとって、ジェイミーは抗議の叫びをあげた。

「しいっ。だいじょうぶ」

ジェイクはベッドのそばに立ってズボンを脱ぐ。かつては自分の体と同じようになじんだ体なのに、いまは目にしただけで、ジェイミーは欲望に息詰まりそうになる。

「ジェイク」

声がはっきりと欲望を伝える。全身がうずく。ジェイミーはジェイクに手を差しのべた。とたんに手首をつかまれてぎょっとする。だが、ジェイクはだしぬけに身を引いてしまった。

拒絶が残酷な釘《くぎ》を胸に打ちこむ。けれども、ジェイクはジェイミーのようすに気づいてもいないみたいだ。彼は手早くズボンをはき、シャツを着て、ボタンをはめるとズボンにたくしこむ。

「早く、ベッドに入って」

ジェイミーが身じろぎもできないでいると、ジェイクが掛布団をめくった。

「ジェイミー」

ジェイクの声に続いて寝室のドアに短いノックがあり、そしてドアが開いた。母が部屋に入ってきたときには、ジェイミーは掛け布団をかぶって横たわり、ジェイクは空のブランディグラスを手にベッドのそばに立っていた。

「ジェイク？」

わたしじゃなくてジェイクに説明を求めるなんて、いかにも母らしいわね。ジェイミーは意地悪く心の中でつぶやいた。

「心配しないで。帰り道で車が雪のために動けなくなって、ぼくら、歩くしかなかったんですよ。問題はジェイミーが靴なんか邪魔だと考えてはだしで歩いたことで、すぐ二階に連れてきて熱い風呂に入れたわけです。ぼくはいまブランディを持ってきたところですが、もう心配ないでしょう」

ジェイクのもの問いたげな視線に、ジェイミーは弱々しくうなずいた。

「わたしね、紅茶を飲もうと思って階下《した》に下りようとしたら、この部屋に明かりがついていたものだから——本当にだいじょうぶ、ジェイミー？」

「ええ。ジェイクのすばやい処置のおかげね」

自分とジェイクが、悪いことをした高校生のようにふるまっているのは、いかにもこっけいだった。

とはいえ、ジェイクのお芝居は彼自身のためというより母のためであることもよくわかっていた。

「本当にだいじょうぶね？」

母はドアに向かい、ジェイクもあとに従う。

「だいじょうぶよ」

「患者よりぼくのほうがこたえたみたいだ」

ジェイクはドアを開けて母を通しながら言い、いっしょに寝室を出ていった。ジェイミーは急いでベッドを抜け出してナイトドレスを着こむ。やがて、ふたたびドアにノックがあった。

「紅茶を持ってきましたよ」

母が入ってきてベッドの脇《わき》にマグを置いた。

「ジェイクは寝たわ。あなたがナイトドレスを着ていてよかった。それなら暖かくしてられるでしょう――誰かを恋するというのがどういうことか、わたしだって知ってるのよ。結局のところ、ジェイクはお父さまの息子ですもの」

母はジェイクのつくり話にだまされてなどいない

とほのめかしているのかしら？　自分がどんな事態を邪魔したか、正確に知っているように思えてならない。

そうなると、たとえジェイクとの結婚から逃げ出す方法が見つかったとしても、もはやどうしようもなかった。ふたりが恋人同士だと母が思っている以上、もう逃れる道はない……。

7

「まあ、ジェイク、美しいわ！　いったいどこで見つけたの？」

皆がクリスマスプレゼントの包みを開けているところだった。ジェイミーは母の肩越しに繊細な細密画に見入る。母は細密画のコレクターだが、これはとりわけ逸品だった。

「ボンド・ストリートの骨董屋《こっとう》で見かけてね。気に入ってくれてよかった」

「気に入ったなんてものじゃないわ！」

母がジェイクを抱擁するのを見ていると、ジェイミーは自分が余計者のように感じてしまう。彼女はとっくにジェイクのプレゼントを開け、実はもう身に着けていた。

誰も見ていないときにこっそり開けたのだが、たちまち罪悪感さえ味わうことになった。いかにも念を入れて選びぬいたという高価な品で、これに比べたら自分のプレゼントなど屑《くず》に思えてしまう。

値段が問題なのではなく、贈り物の美しさと見つけるまでの手数を考えると、心が痛む。ネックレスは、後ろが細く、前にくるにしたがって幅の広くなるデザインで、金の打ち出しだった。表面には真珠とトルコ石の象嵌《ぞうがん》が施されている。

骨董品で、エジプト趣味がピークに達した十九世紀初頭のものだろう。それはともかく、みごとな細工で、めったに手に入らない品であることは疑いの余地もなかった。

皆が話に夢中になっているすきに、そっと抜け出して着けてきたのだけれど。ジェイミーは震える指先でそっとさわってみる。母の頭越しにジェイクがそれを見ていた。

もしお金があったら自分でも買っているだろうと思われる品。ジェイミーの好みを知りぬいているひとが選んでくれたプレゼントと言っていい。

「おまえ、まだジェイミーからのプレゼントを開けてないじゃないか」

マークが言う。ジェイクはまたジェイミーを見て微笑した。

「いちばんいいものは最後まで取っておかなくちゃね」

ジェイクの演技力の十分の一でもあったらと、そう思わずにはいられなかった。幸福な未来の花嫁というお芝居を続けるのは、ますます難しくなってくる。

そのうえ、夕食会兼ダンスパーティーの夜のどうしようもない愚かさが、心を悩ませていた。もうあれ以上はっきりはできないくらい、自分の気持をさらけ出してしまって。

肉体的な欲望よりももっと多くの思いをジェイクに対して抱いていると、気づかれてしまうのも時間の問題だわ……。ふと、三人が黙りこんだことに気づいて顔を上げると、ジェイクがジェイミーのプレゼントを開けたところだった。

「愛する男性にダイヤモンドを買うのが、いま女性のあいだではやってるのよ」

マークと母にはそう説明したものの、ジェイクをごまかすことはできないとわかっていた——事実、そのあとでホールにひとりでいたジェイミーをつかまえると、彼はなめらかな口調で言った。

「まだプレゼントのお礼を言っていなかったな。支払いはキャッシュ？　それとも現物のほうがいいのかい？」

「どちらもいらないわ」軽薄に言ってのけるしかなかった。「わたしがとっくにいただいたものの清算だと思ってちょうだい」

「きみ、恋人にはすべて、こんなに気前がいいのかい？」

自分が悪かったとわかっていても、心が痛む。

「彼らには、そういう気前のよさは必要ないの。なんといっても、彼らはあなたの巧みな教育の恩恵を、わたしから受けているんですもの」

ジェイクの目を見たとたんに、言いすぎだったとわかった。が、切り返される前に母がホールに出てきたので、とりあえずその場を逃げ出すことはできた。

マークの病状のせいで、ずいぶん静かなクリスマスになった。翌日のカクテルパーティーも、家族とごく親しいひとたちだけの集まりだった。誰もが婚約のことに夢中で、ジェイミーはさんざん、悪気のないからかいの標的にされた。

ジェイクのほうはなんとか親しみのこもったからかいをまぬがれていたけれど、いざとなるとひどく超然となれる性格のせいに違いない。視線がぶつかるたびに、ジェイクがクリスマスの日のやり取りを忘れていないことがわかった。ジェイミーは身震いしながら、かっとなりやすい自分を、そして衝動的なことばを悔いるばかりだった。

結婚式はたちまちのうちに迫った。ベスとリチャードも、前日の夕食の直前に車で到着した。眠っている娘を抱いたリチャードを眺めるマークの表情は、ジェイクの言うとおり、孫の顔を見るのを待ちかねているひとのものだった。

サラを寝かすから手伝ってほしいというベスのことばに、ジェイミーはほっとして立ちあがる。すべての準備が整ったいま、神経がぎりぎりまで張りつめてしまったような感じだった。

ジェイクと同じ部屋にいるというだけで、緊張してしまう。両親の家にいてさえこんな具合だとすると、ふたりっきりになったらいったいどうなってしまうだろう。

「まあまあ、ダークホースはあなただったのね」ベスはサラをベッドに寝かして服を脱がせながら、ジェイミーをからかう。「いいこと、わたし、あなたの説明なんか最初から信じていなかったわよ――ジェイクとのあいだにはそれ以上のものがあると見ていたの。お湯を出してくるから、この子を見ててちょうだい」

サラをお風呂に入れ、体を拭《ふ》いてやりながらも、ベスのたわいないからかいは続いた。

「さあ、これでもうベビーベッドに寝かすだけ。すぐ眠るはずよ……ハネムーンはどこへ？」

「スイス。ジェイクはいつも、この季節に三週間ほど休みを取ってスキーに出かけるの。フランス人の夫婦が経営してるホテルが定宿で、離れみたいになってる山小屋もあるんですって」

マークの病気のせいで、夜は早々にお開きとなった。ベスはジェイミーとジェイクが当然狂おしく愛し合っているのだと思っているらしくて、ジェイミーとしてはいつものお芝居をもっと大勢のひとの前で演じる羽目に追いこまれてしまった。

母とマークが寝室に引きとったあと、まもなくジェイミーも席を立った。ドアを開けてくれたジェイクがそのままホールに出てきたので、反射的に体をこわばらせて向きなおる。

「何も牢番《ろうばん》みたいなまねをしなくてもいいでしょ、ジェイク。わたし、自由を求めて逃げ出したりしないわよ」

「ぼくら、とても愛し合っていることになってるんだぞ――しかも、結婚直前なんだ」嚙《か》みつくような口調だった。「もしぼくがきみのあとを追わなかったら、ベスとリチャードは、控えめに言っても少しおかしいと考えるだろう。疑いもなく、あのふたりはいまごろ思っているところだな――ぼくらはきみの寝室に閉じこもって、ささやかながら掟《おきて》を破って快楽を味わっているってね。それも、明日には法で認められたものになるんだぞ」

肌が赤く染まっていくのがわかる。もちろん、ジェイクの言うとおりだった。ベスは現代的であけっぴろげだから、リチャードとは結婚前から愛人関係だった。そしてもちろんベスは、ジェイクとジェイミーもそうだと思いこんでいるに違いなかった。

「ひどく疲れてるのよ、ジェイク。だからいまは、あなたと言い争う元気もないわ。とにかく、明日を過ぎれば言い争う時間だって一生のあいだあるわけだもの。そうでしょう?」

ジェイクがひとことも言い返さないうちに、小走りに階段を上がると急いで自分の部屋に逃げこんだ。

体が震えていることに気づいて、ジェイミーはぎょっとした。

腹立たしげに、部屋の中を行ったり来たりする。ジェイクの何のせいで、ティーンエイジャーみたいに愚かなふるまいをしてしまうのだろう? ことばによる挑戦も、傷つけて怒らせてやりたい思いも、結局、恐れから発しているのでは?

ジェイミーはベッドに腰かけた。恐れとは、ジェイクに自分の気持を見破られはしないかということ。ジェイクに対して自分がどんなに弱いか、彼にわかってしまったら……。そんな屈辱には耐えられそうになかった。

のろのろと立ちあがり、バスルームに向かって歩きかけ、ドアの開く音に凍りついた。心の中の過敏なレーダー装置が働いて、部屋に入ってくる前からジェイクだとわかった。

後ろ手にそっとドアを閉めると、ジェイクはそのドアにもたれる。いかにもくつろいで見えるが、歩きはじめたとたん、危険なまでに巻きついている緊張が伝わってきた。

「ジェイク!」

「心配するな。喧嘩《けんか》をしに来たわけじゃない」

「それじゃ、なんのために来たの? わたしには触れさせませんからね」

「だいじょうぶだよ——うろたえるんじゃない。触れたくないとは言わんがね。ひょっとして、そのほうが、ぼくらふたりにとっていいんじゃないかな」

ジェイミーの顔に、苦々しい嫌悪が表れる。ジェイクの微笑にも優しさはなかった。

「いいかげんにしろ、ジェイミー。きみはもう子供じゃなくて美しい体を持つ大人の女性なんだ。もちろんほかの男から性的にたたえられもしただろう。肉体的なフラストレーションに耐えるのはたやすくあるまい……でも、それももう長いことではないんだから」

ジェイクの視線が胸に留まると、いまいましいことに心は愛撫《あいぶ》の予感にふくらんでしまう。ジェイミーは震えはじめた。怒りと心痛がこみあげてきたのだ。

「出ていって! あなたはわたしに結婚を無理強いできたかもしれないけれど、無理やりあなたのベッドに連れこむことはできないのよ!」

ジェイクの目から面白がっているようすが消え、残酷なことばが唇からもれる。

「力ずくにする必要がどこにある? でも、好きなようにしろ、ジェイミー」肩をすくめて言いそえる。「ここに来てみたのは、もしかして、もう少しましな土台がつくれるかもしれないと思ったからだ。でも、どうやら間違っていたようだ——それじゃ、また明日、未来の花嫁さん」

からかうように言ってくるりと背を向けると、ジェイクはドアに向かった。彼が出ていってからも、長いあいだ、ジェイミーはベッドに横たわったまま体を固くして目を覚ましていた。

結婚式のことを何ひとつ思い出せない花嫁というのは、実はごくふつうなのだと聞いた覚えがあったけれど、ジェイミーの場合もたしかにそのとおりになった。

緊張しきったジェイミーに現実が顔をのぞかせたあいだは、ごく短かった。マークと腕を組んで、ジェイクが待っている祭壇に向かった。ぱっと背を向けて逃げ出したくなったとき、まるでジェイミーの心の中を読んだように、マークが深い思いをこめてささやいたのだった。

「ジェイミー、おまえとジェイクの結婚がわたしにとってどんなに大きな意味を持つか、とても見当もつかないだろうな。こうなることをずっと願っていたんだよ、おまえたちふたりのために……。とはいえ、こんなに待たされるとは夢にも思わなかったがね」

そして、すべてはもう手遅れだった。ジェイミーはジェイクのそばに着き、牧師が式を始めたからである。

披露宴になり、ジェイミーが旅行着に着替えるために席を立つ直前、ジェイクがひとりになったジェイミーをつかまえた。耳もとで甘くささやく。

「はっとするほど美しい花嫁姿だよ、ミセス・ブリアートン。もっとも、白のドレスとはいささか思いがけなかったがね」

残酷な嘲《あざけ》りは、過敏になっているジェイミーの神経にこたえた。いつになくしわがれた声で切り返す。

「わたしの処女を奪ったのはあなただったのよ、ジェイク」

「そのとおりだが、ぼくのあとにもたくさんの男がいたはずだろう？　もっとも、白いドレスが意外だと言ったのは、何もきみが処女ではないことを当てこすったわけじゃない――最近では、資格のある花嫁なんかめったにいないだろう。ぼくが驚いたのは、きみが伝統的なウエディングドレスを着る気持になったことさ。何かもっときびしい感じの――このところ、きみが実に巧みに演じている華麗なキャリアウーマンのイメージにかなうドレスだろうと覚悟していたものだから」

「母の希望だったからよ。母はね……」

「お邪魔してごめんなさい。でも、ジェイミーに着替えさせなきゃ」ベスが割って入り、ジェイクににっと笑ってみせる。「言い換えればこういうこと――ジェイミーが着替えて、おふたりが飛行機に乗るのが早ければ早いほど、あなたも早くジェイミーを独占できるのよ、ジェイク」

「うん、まあそういうことなら、きみにジェイミーを取られてもしかたがないか」

ジェイクったら、本当にやすやすと自分の役を演じるのね。ジェイミーは心の中でつぶやく。わたしのほうははてしない悪夢の中に迷いこんで、いずれは目が覚めるはずだと考えるのがただひとつの慰めだというのに。

着替えを手伝いながらベスが陽気におしゃべりを続けているところをみると、わたしもしかるべき受け答えをしていたのだろう。荷づくりはとっくにすませてあって、スーツケースには家出するときに残していったスキーウェアも入っていた。

まだちゃんと着られるけれど、ファッショナブルとは言えない。でも、かまうものですか。花嫁は夫の目をとらえるために着飾るものらしいけれど、ジェイクはわたしが何を着ようと、そんなことは気にも留めないもの。

旅行着も、優雅さよりは着心地のよさで選んであった。とはいえ、ジェイドグリーンのストレッチコードのパンツは細くて長い脚をきわだたせ、緑と白の模様の厚手のジャンパーはカジュアルで暖かい。同系色のソフトレザーのアンクルブーツで服装は決まりだった。

ジェイミーは鏡をちらっと見ただけで、髪をブラッシングし、口紅を塗りなおす。そのとき、寝室のドアに短いノックの音があった。

「きっとジェイクよ」

ベスがドアを開くと、ジェイクが大きなボール箱を抱えて入ってきた。ジェイミーと同じようにコーデュロイのズボンにチェックのシャツというカジュアルな服装で、ズボンと同じダークグリーンのレザーのブルゾンは手にしたままだ。

「わたし、皆さんにあなたたちのお出ましを予告しておくわね」ベスはドアを出ながら、振りむいてジェイクに笑いかける。「あんまりぐずぐずしてちゃだめよ。飛行機に遅れてほしくないもの」

ドアが閉まると、ふたりは黙ってお互いの顔を見つめ合う。ジェイクが完全にくつろいでいて、自制心を備えているわけではないことにジェイミーは気づいた。

歩き方さえ、いつもよりぎこちない。ジェイミーから一メートルくらい離れたところで立ちどまって、ボール箱を差し出す。声までいつになくかすれていた。

「仲直りの貢ぎ物兼きみへの結婚の贈り物だ」

ジェイミーは無言で箱を受けとった。こっけいなことに涙がこぼれそうだった。ジェイクからの結婚の贈り物なんて、期待もしていなければ望んでもいなかったのに……。ベッドに箱を置いて開けにかかると、指まで震えてしまう。

薄い包み紙を何枚もはがして、やっと現れた毛皮に、ジェイミーは息をのんだ。

フードつきブルゾンというカジュアルなスタイルはスキーウェアとして申しぶんないけれど、豪華なダークグレイの狐《きつね》の毛皮は、凍るようなゲレンデにさらすには美しすぎる。震える手で持ちあげたとき、ジェイクが眉根を寄せていることに気づく。

「もし、きみの気に入らないんなら……」

初めて、鋭く皮肉なジェイクの声もジェイミーを傷つけなかった。

「すてきよ、ジェイク」

静かに答え、手早く着てみてぴったり合うことに快い驚きを味わう。ダークグレイの毛皮は、ジェイミーの肌色をことさら引きたてる。お礼を言おうとしたとき、ドアが開いてベスが飛びこんできた。

「まあ、すごい！ なんてきれいなんでしょう。でも、ジェイクへのお礼はあとにしてね、ジェイミー。でないと飛行機に遅れてしまうわ」

空港への車はジェイク自身が運転した。空港の駐車場に預けておいて、帰ったとき引きとることになる。

「帰ってきたら家を探さなくてはね」空港に車を乗り入れながら、ジェイクが言った。「いまはフラットでいいが、家族が増えればそうはいかなくなるからね」

手ぎわよく車を止め、ジェイクはジェイミーに手を貸して車から降ろす。ポーターが荷物を取りに来てくれると、ジェイクはジェイミーの腕を取った。そのとき初めて、自分が踏み切った事態が、現実感をともなってジェイミーを打った。

ジェイミーはジェット機嫌いで、事情は今日も変わらなかった。できるなら、すぐに眠って向こうの空港に着いてから目を覚ましたい。離陸のときには悲鳴をあげたいくらい緊張したが、ジェイクが手を握ってくれて、ようやくおちついた。

客室乗務員の飲み物のすすめを断り、しばらくして食事も断った。わたしは胃が縮こまって食べ物など受けつけないからだが、ジェイクも断ったのはなぜだろう？

そっと彼の顔を盗み見る。この結婚はけっしてうまくいかないだろうと思うと、胸が痛い。真実を学ぶ前に、時間を六年前に戻せさえしたら。ジェイクがわたしと同じように愛してくれたら——でも、彼はわたしを愛してなどいない。

「何かまずいことでも？」

うっかりして、ジェイクに見られていることに気づかなかった。肌がピンクに染まってしまう。

「いいえ、なんでもないの。わたし、別のことを考えていたものだから……」

「きみの愛人のことか？」ジェイクの表情が陰るのを、ジェイミーは見ていた。ジェイクのことばこそショックなのに。「まあいい、今夜はその男のことも考えなくてすむだろうよ。それだけは約束するよ、ジェイミー」

空港を出ると、リゾートまで、タクシーでのドライブが一時間続いた。ジェイミーはぐったりとして黙りこみ、ジェイクも沈黙を破ろうとはしなかった。

ジェイミーもスキーはするけれど、ジェイクのお気に入りのリゾートを訪ねるのはこれが初めてだった。ホテルの入口で降りたときには真っ暗で、周りの景色など何ひとつ見えなかった。

ジェイクにせきたてられて中に入ると、居心地のよさそうなラウンジだった。伝統的な様式で、フロアも家具も、雪をかぶったブーツや衣類くらいではびくともしない感じだ。

片側に大きな暖炉があり、その前にひとびとが集まって、酒を飲みながらおしゃべりをしている。しゃれたスキーウェアを見ただけで、このホテルが高級で、選ばれたひとびとが相手のものだとわかる。

耳に入ってくる会話は、ほとんどがフランス語だった。

ジェイクがフロントで話しているあいだ、ジェイミーは彼に寄りそうように立っていた。鍵《かぎ》を受けとって、ジェイクが振りむく。

「ぼくらの山小屋は、ちゃんと用意ができてるそうだ。荷物も誰かが運んでくれるらしい。こっちだよ」

ジェイクはジェイミーを外に連れ出す。刺すような寒気に、ジェイミーはぞくっと震えた。すぐ前に馬の引く橇《そり》が待っていて、ジェイクはジェイミーを抱きあげて乗せると、厚手の織物で脚をくるんだ。橇は走り出し、馬の鈴が鳴り、雪がきしむ。

「いちばん速くて、いちばん安い交通手段なんだ」

ジェイミーがスピードに目をみはっていると、ジェイクが説明する。「ぼくらの山小屋はホテルからいちばん遠いところにある。完全に独立した設備を備えてはいるが、もちろんホテルも利用できる。夕食は山小屋でとるほうが気楽だから——そろそろ七時半だけど——八時半に届けてくれるように予約しておいたよ」

四角い木造の山小屋をいくつか過ぎて、橇が止まった。御者が荷物を降ろして山小屋に運びこむあいだ、馬はおとなしく待っている。

山小屋は伝統に従った丸太づくりで、二階には小さなバルコニーがあった。明るくなれば、谷間と雪原のすばらしい景色が見渡せるのだろう。

御者がドアを開けて、ふたりのスーツケースを運び入れる。ジェイクはジェイミーを中に入れておいて、無口な御者にチップを渡した。

入るとすぐ、ゆったりとした部屋があった。木の床はぴかぴかに磨きあげてあり、そこかしこに置かれているのは山羊《やぎ》の毛皮だろうか。

楽しげに火が燃える石づくりの暖炉の前には、ゆったりとした椅子がふたつと長椅子があり、暖炉の横の棚にはテレビと電話が置いてある。木の階段が二階へと続く。

「キッチンはあそこだ」ジェイクは奥のドアを指し示す。「あとで見てごらん。いまは夕食のために着替える時間しかないからね」

「着替えって？」

スーツケースを二階に運ぶジェイクの背中を、ジェイミーはまじまじと見つめた。山小屋で食事をするというから、カジュアルな服装でいいと思っていたのに。

疲れた足を引きずるようにして二階に上る。上がったところにはドアがひとつしかないので、それを開けて中に入った。ジェイクは暖炉の前に立って両手を火にかざしていた。

ジェイミーは好奇心いっぱいの目で周囲を見まわす。寝室は快適な広さで、ベッドは……ずいぶん大きい。ふくらんだ大きな枕《まくら》がある。

壁の一面には衣装だんすと戸棚が並び、ほかにはテーブルと座り心地のよさそうな肘掛け椅子がふたつ、それに小さな書き物机まであった。

ベッドに近い壁にドアがあるけど、浴室かしら？ジェイミーは歩みよってドアを開け、目をみはった。いつのまにかジェイクが背後に来ていて耳もとで説明する。

「ジャクージさ。つまり、噴流式気泡風呂だな。スキーで疲れたあと、疲れを取ってくつろぐのにいちばんなんだ」

「そうでしょうね」

ジェイミーはすっと身を引いてドアを閉めた。そんなことをしても、心を締めつけるイメージが消えるわけがないとわかってはいたけれど。

ジェイクのようすから見て、この山小屋か同じようなつくりの山小屋にいつも泊まっていたに違いない。もちろん、ひとりで泊まったはずはなかった。

　たっぷりと広いジャクージの泡立つお湯の中で、ジェイクの日焼けした裸体と連れの女性の裸体がからまり合う。そんなエロティックな情景がジェイミーの心から消えようともしなかった。

　そうでしょうとも。泡立つお湯のけだるいぬくもりの中で愛し合うのは、さぞかし疲れを取るのにも、くつろぐのにも効果があるでしょうよ——嫉妬《しっと》がわきおこり、それを抑えようとして体がこわばる。ジェイクがのんびり声をかけてきた。

「シャワーはきみが先に使うかい？」

「お先にどうぞ。わたしはひとまわり見ておくわ。この山小屋については、あなたのほうがはるかにおくわしいようだから」

「友人たちと泊まった山小屋とレイアウトは同じだからね、こっちのほうが小さいだけで。この山小屋は初めてなんだ。こういうプライバシーは、これまでのスキー旅行では別にうらやましくもなかったからな」

　それじゃ、少なくともここには、ほかの女性を連れてきたわけじゃないのね。ジェイミーは胸を締めつけられるまま、心の中でつぶやく。ジェイクは浴室に消え、ジェイミーはスーツケースの中身を取り出しにかかった。

　本音を言えば、食べたくもない夕食のために着替えるなんてまっぴらだった。でも、ジェイクの望むとおりにするほうが、言い争ってくたびれるよりずっと楽だから……。

　ジェイクは手早くシャワーを浴びて、髪を濡《ぬ》らしたまま厚手のタオル地のバスローブにくるまって出てきた。

　恐れと興奮で胃がきゅっとなる。まるで、初めて男性と夜をともにするヴァージンみたいじゃないの。でも、一度はそのとおりだったんだし、ジェイクはわたしにとって、まず間違いなく最初で最後の男性なんだもの。

そうはいっても、ジェイクはそのことは知らないし、教えてあげたりするものですか。ジェイミーは着替えの下着をつかむと、浴室に向かった。

ジェイクに劣らず手早くシャワーを使って出てくると、彼は黒のズボンに白のディナーシャツ姿になっていた。カフスをつけるところを見て、ジェイミーは自分のプレゼントだと気づく。

目が合ったとたん、ジェイミーは喉もとを締めつけられるような思いを味わった。体がこわばってくる。ジェイクが一歩歩みよったとき、階下でベルが鳴り響いた。

「きっと夕食が届いたんだよ。ぼくが下りて、中に運ばせておくから」

ジェイクがフォーマルな服装をしている以上、自分もつき合わなくてはならない。もちろん、本当の意味で花嫁だったら、異国ふうで女らしいネグリジェを着るところだけれど。

でも、たとえそうしたくても、ネグリジェなど持っていない。襟ぐりの深い、半袖《そで》でシャツテイル型のサテンのナイトシャツが、わたしの夜着なんだもの。

もしジェイクが気に入らないと言うのなら、ジェイクはいつだって……どうにでも……。ジェイミーはぶるっと身震いし、その先は考えないように努めた。

シンプルなジャージーのドレスが見つかって、それを着ることにする。温かいクリーム色は肌の色を引きたて、筒型のデザインなのでドレスは柔らかなひだをつくりながら足もとまで伸びている。長いタイトな袖が腕を覆い、あまり広くないスクープドネックからきゃしゃな骨格がのぞく。手早く薄化粧をすると、ジェイミーは靴をはいて階下に下りていった。

　ダマスク織のテーブルクロスをかけた円いテーブルが暖炉の前に運んであって、キッチンから持ってきたものらしい椅子が二脚、向かい合わせに置いてあった。

　氷入りのバケツにはワインのボトルが、その脇《わき》にはシャンパンがあった。カバーのついたワゴンには夕食が載っているらしいが、そのプラグを、ジェイクはしゃがんで差しこんでいる。

　ジェイクが立ちあがり、ジェイミーを見て、目を細めるようにしてまじまじと観察する。

「実につつましく肩から足まですっぽり隠しているドレスが、実に正確に布きれ一枚つけていないきみの姿を思い出させる――これはどういうわけなのかな？」

　クールな口調で話しかけられて、ジェイミーは答えるべきことばを失っていた。こんなにつつましいドレスを選ぶことでふたりのあいだにつくろうとした垣根を、たったひとつの単純な台詞《せりふ》で取り払ってしまうなんて。

　茫然《ぼうぜん》と見つめるジェイミーに、ジェイクは歩みよってシャンパンのグラスを手渡した。

8

「シャンパンをもう一杯、どう？」

ジェイミーはすでに二杯飲んでいたので、心弱くもイエスと答えたい気持を抑えて首を横に振り、チョコレートムースをつついていた手を止める。

　食事には少ししか手をつけていない。そんなことを言えば、本当のところ、今日一日ほとんど何も食べていなかったから飲み物には気をつけていたのだけれど、もう頭がぼうっとしている。

　すすめられるままにたっぷり飲んで、ジェイクに抱かれる喜び以外は何ひとつ感じなくなってしまう――そうなるために彼にシャンパンを注《つ》がせることはたやすい。でも、そんなのはジェイミーはいやだった。

　プライドの問題だった。六年前、ジェイクから逃げ出さずにはいられなかった同じプライドが、シャンパンの酔いの陰に隠れることを自分自身に許さなかった。

　ぎこちなく椅子から立ちあがり、ジェイクが手を貸してくれたとたんに体を硬くする。マークは古風なひとで、女性にはいろいろ気遣いを示さなければと思いこんでいた。ジェイクが父親と同じように騎士的かどうかはすこぶるあやしいけれど、作法だけは非の打ちどころがない。

「わたし、疲れたみたい。そろそろベッドに入りたいわ」

　まったく、ごく日常の台詞《せりふ》を言うことが、どんなに難しかったか。ジェイミーはジェイクと目を合わせるのだけは避けたくて視線をそらした。暖炉の明かりにカフスのダイヤモンドがきらめき、思わずぞくっとする。彼が意識してこのカフスをつけたことはわかっているけれど、ジェイクのねらいはなんなの？

振り返りもせずに階段を上ってきたけれど、ジェイクが階下で身じろぎもせず立ちつくしていることははっきりわかった。この瞬間を楽しんでいるのは疑問の余地もない。

でも、楽しむのはここまでよ。もしわたしに触れようとしたら……もし……。でも、どうするつもり？　力ならジェイクのほうが少なくとも倍は強いのよ。彼の下でぴくりとも動かず、冷ややかに横たわっているつもり？　そんなことできて？

疲れていると言ったのは嘘《うそ》ではなかった。結婚式の準備、数週間の悪夢のような感情の惑乱、この三日間ほとんど何も食べられなかったこと――すべてがいっしょになって、ジェイミーのエネルギーは涸《か》れはてていた。

いまや体を動かすのさえ努力が必要だった。ジェット機の旅とドライブのせいで体の節々が痛い。熱いお風呂に入って長々と体を伸ばし、疲れを癒《いや》してベッドにもぐりこみたいだけ。

ナイトシャツと化粧品を持ってバスルームに入る。ジャクージのほかにふつうのお風呂もあるのがうれしい。でも、バスルームのドアには鍵《かぎ》がかからなかった――寝室がひとつしかない山小屋では、鍵など必要ないと思ったわけね。

わたしったら、いったいどうなってしまったの？　お湯を出しておいて服を脱ぎながら考える。まさか、ジェイクは浴室に押し入ったりしないでしょうに。彼はそんなひとではないし、わたしの悩みが長びくのを楽しんでいるんだもの。

何もかもばかげている。ジェイクが自分と結婚するつもりだとわかったときでさえ、心配したのは感情の問題だったのに――なんといっても、ふたりは恋人同士だったことがあるのだから。

こんなに神経質に、心配で気もそぞろになるなんてこっけいだ。何も知らないヴァージンだった十八歳のときよりびくびくしてるなんて……。でも、あのときはジェイクも自分を愛していると信じていたから、安全で保護されていると感じていたんだわ。ところがいまは……自分が傷つきやすく、彼に脅かされているとさえ感じている。

ばらの香りのする浴剤の入ったガラスの壺《つぼ》を見つけて、少しお風呂に振り入れる。デリケートな香りがあふれ、お湯も絹のように肌に優しい。ジェイミーはため息をついてくつろいだ。

いい気持。いつまでも出たくないくらい。ジェイミーはぐったりとして目をつぶり、しばらくしてぱっと見開いた。寝室のドアの開く音が聞こえたからだ。あわてて浴槽を出ると厚手のタオルで手早く体を拭《ふ》く。

浴室のドアが開けられる気配はないけれど、まだ乾ききっていない体にナイトシャツを着こみ、脱ぎ捨てた衣類を集めてドアを見つめる。が、あきらめて肩をすくめ、ドアに向かった。ひと晩じゅうここに閉じこもっているわけにはいかないのだから。

ジェイクは暖炉の前に座って新聞を読んでいたが、顔を上げてジェイミーを観察する。もちろん紺色のサテンのナイトシャツはあまり花嫁らしくないと思うでしょうね。でも、シフォンとレースのナイトドレス姿で、お人形みたいに現れるとでも思っていたのなら……。

「その格好だと十七歳に見えるな」

からかいの口調にかっとなって、ジェイミーはきっぱりした足取りでジェイクの脇《わき》をすりぬけ、ベッドに向かいながら冷ややかに切り返す。

「でも、本当は違うわ。そうでしょ?」

ジェイクは微笑を浮かべてジェイミーを通したけ

れど、彼女は背中にぴりぴりするほどジェイクの視線を感じた。と、ぱっと手首をつかまれて、振りむかされてしまった。カフスが暖炉の火にきらっと光る。

「まだちゃんとプレゼントのお礼をしてなかったな」

「言ったはずよ――それはわたしからの、あなたへの支払いだって」

無理にジェイクと目を合わせたけれど、そこに激しい怒りを見て、ジェイミーははじかれたように顔をそむける。背筋に戦慄《せんりつ》が走った。

「気前がよすぎるな。実際、ぼくはきみに借りが残っているような気分になる。借りはちゃんと清算しなきゃな、そうだろう、ジェイミー？」

喉につかえた恐怖の塊をのみこもうとするけれど、筋肉がこわばってそれもできなかった。片手でジェイミーをつかまえたまま、ジェイクはもう一方の手でカフスをはずして、コーヒーテーブルの上に置いた。

「ぼくを見ろ」

ジェイミーはしぶしぶカフスからジェイクの顔に視線を移す。

「このほうがいい」

ジェイクの微笑に震え出しそうになるのを、ジェイミーは体をこわばらせて耐える。衝動的にあんなカフスを買ったりするんじゃなかったわ。ジェイクはけっして隠された侮辱をそのままやり過ごすようなひとじゃないのに。

どうすることもできなくてジェイクに引きよせられていく。彼はいまや両手でジェイミーの二の腕をつかんでいた。ジェイクの体が発散する熱を感じたとたん、ジェイミーは体をそらして接触を避けようとする。

ジェイクの前にくずおれて、こんなことはしないでと嘆願したい。思い出を台無しにしないで、と。

そう言いさえすればジェイクがやめてくれることもわかっていながら、いままでに何度もわなとして働いた強烈なプライドが、そのことばを言わせてくれなかった。

ジェイクはわたしをはずかしめ、屈辱を味わわせようとしてるんだわ。泣き崩れて許してと言わせようとしている。体じゅうの神経が逃げ出したいと悲鳴をあげているくせに、もしジェイクが手を離したとしても、体そのものが動いてくれるかどうかわからない。

理性と現実を圧倒する抑えがたい欲望の暗い流れがあった——もう一度だけ、ジェイクの腕に抱かれる感じを味わいたい。

そのことに気づいて、ショックのあまりジェイミーの瞳の色は濃くなった。ジェイミーの心の動きに気づいたように、ジェイクの指先が彼女の肌に食いこんだ。

ジェイクが顔を寄せる。キスするつもりなんだわ——そう思ったとたん、たちまちジェイミーの気力はなえてしまった。それでも首をそらし、顔をそむける。ジェイクは片方の腕を腰に回してジェイミーを抱きよせながら、もう一方の手をうなじにかける。ジェイミーの全身に戦慄が走った。

唇が軽く首筋に触れたとたん、ジェイミーは息を詰めた。こわばりが解け、官能をかきたてられて、ジェイクに抵抗する力などないという現実にショックを受ける。ジェイクの唇は狂ったように打つ首筋の脈の上で止まった。

「放してちょうだい、ジェイク!」

「いくらでも叫ぶがいいさ、なんの意味もないんだから」耳もとにジェイクの嘲《あざけ》りの声が聞こえる。

「きみの体は、ぼくに愛してほしいと言ってるぞ、ジェイミー」

「嘘よ！」

「嘘なものか」

苦悩に満ちたジェイミーの否定のことばも、ジェイクをいっそう怒らせただけだった。うなじにかけた手が肩から滑り、わがもの顔に胸から腰、そしてヒップへと下がって、からかうように胸のふくらみに戻る。

「やめて、ジェイク！」

「いやだね」

激しい口調にぎょっとして見上げると、彼は片手で胸をつかみながらジェイミーの抵抗など吹き飛ばすように荒々しくキスする。

これがわたしの求めていたものだったんだわ。ジェイミーはぼうっとなりながら思った。これこそわたしが痛いほど思いこがれていたものだった。この生々しい思い。求め求められることの、比べるもののない感覚……。

ジェイクのキスはいっそう深まり、熱い情熱でしびれさせて、ほかのことすべてを忘れさせてしまう。ジェイミーはいつしかジェイクの首に両腕を回し、体を弓なりにそらしていった。

ジェイクの唇は、ジェイミーの唇から最後の一滴まで甘美さをむさぼりとろうとする。唇による愛撫《あいぶ》が肌へと移り、ジェイクだけが知っている秘密の場所を探り当てられると、ジェイミーの体は溶けて彼とひとつになった。

六年の歳月も現実も消え去り、ジェイクのじらすようなキスにジェイミーの首筋はうずいた。両腕で抱きしめられて、胸はたくましい胸に押しつぶされる。ジェイクの情熱を感じとって、ジェイミーはぞくっとした。

じらすようなキスはナイトシャツの深い襟ぐりのあたりをさまよい、体は覚えていても心は忘れたいと願っている興奮を呼び覚ます。耐えられるかぎり耐えていたジェイミーも、巧みな唇と手の愛撫にジェイクの名前を呼んだ。欲望の長いうめき声のように。

ジェイクの手がナイトシャツにかかり、暖炉の火がむき出しの肌に暖かかった。自分の体を見つめるジェイクの目のきらめきを、ジェイミーは覚えていた。そのまなざしに続く激しい情熱的な行為も。

「ジェイミー!」

彼の声にこもる生々しい欲望に、ジェイミーは身を震わせる。指先による胸への愛撫に、ジェイミーは快楽のうめきをこらえる。彼の肌が熱い。ジェイクはジェイミーを抱きあげ、そのまま椅子に腰を下ろした。

前にもこんなふうだったわ。あのときは、いまみたいに裸ではなかったけれど……家の図書室にふたりっきりで……ジェイクはわたしのシャツのボタンをはずして、胸に顔を埋《うず》め……。

以前、ふたりのあいだには情熱があった。が、いまのように苦しいほどの欲望にまで達したことは一度もなかったと思う。ジェイクの自分への欲望は愛とはなんのかかわりもないのかもしれないけれど、欲望の激しさだけはまぎれもないものだ。

ジェイミーはジェイクのシャツのボタンの残りをはずし、両手で彼の胸を愛撫する。自分と同じようにどうしようもないくらい興奮させたくて、愛撫の手を腹部へと滑らせる。

「ああ、ジェイミー……昔だってすごかったが、いま……きみはぼくをティーンエイジャーみたいに、がまんできないほど興奮させてしまう」

ジェイクはうめき、荒々しく呼吸している。ジェイミーの手がいっそう下へ移っていっても、止めようともしない。ジェイミー自身も興奮のあまりぶるぶる震えていた。

「ジェイミー」

顔を胸に埋めているせいでくぐもった声だが、痛いほどの興奮がはっきり伝わってくる。ジェイミーは自分の力に酔って、ジェイクをじらす。

ふいに、ジェイミーは暖炉の前の絨毯《じゅうたん》に横たえられた。ジェイクはジェイミーの体の上で上体をそらし、着ているものを脱ぎ捨てる。記憶にあるとおりの、いかにも男らしい裸体が現れる。

が、まなざしは違っていた。以前はいつも自制心を残している感じがあったのに、いまは跡形もなくなっている。上体がかぶさってくるのを見て、ジェイミーの全身は期待に震えた。

事態は、理性の外にある何か抜き差しならないものの、ほとんど運命によってあらかじめ決められていたもののような感じだった。

もはや抵抗しようとは思わなかった。いや、ジェイクに触れられた瞬間から、抵抗する意思はなかったのかもしれない。そしていまは、自分からジェイクの胸にキスし、両手ではっきり覚えている彼の体を愛撫しているにもかかわらず、恥も屈辱もなかった。

「もういい、ジェイミー」

ジェイクは彼女の両手を押さえつけ、唇で唇をとらえながら、すべての体重をかける。ジェイミーの唇からようやく顔を上げたジェイクは、次に、ショッキングな質問を叩《たた》きつけた。

「いままで何人の男が、こんなきみを見たんだ？こんなふうにきみにさわったんだ？」

ジェイミーはすでに震える炎となっていた。血が熱くたぎり、骨を溶かす。うずきが全身に広がり、ほかのすべてを消し去っていたので、無言の訴えをこめてジェイクにしがみつくばかりだった。

「何人だ、ジェイミー？」炎の明かりに照らされたジェイクはまるで野蛮人さながらだ。「何人が、きみにこんな感じを味わわせたんだ？」

彼の手が小さな衝撃波を全身に送りこむ。ジェイミーは、ジェイクのことばを締め出そうとでもするように目を閉じ、官能にのめりこもうとする。しかし、あんなに快かった愛撫が、いまでは苦痛に近かった。

目を開くとジェイクが見返していた。自分だけがジェイミーをこんな思いにさせることができる——そのことを彼女自身の口から認めさせたがっているのだ。こんなに傲慢《ごうまん》で力強いジェイクにこれほどまでの心の弱さがあったことに、ジェイミーは目をみはる思いだった。思わず手を差しのべ、ジェイミーはそっと言った。

「こんな感じを引きおこすことができるひとは、あなたのほかにひとりもいないわ、ジェイク。誰ひとりいないわ」

ジェイクの体がこわばり、ぴくっと震えたのがわかった。両手が腰の下に滑りこんで支える。耳もとのささやきは、生々しくハスキーだった。

「そして、ぼくをこんな感じにさせる女もきみのほかに誰ひとりいないんだよ、ジェイミー」

まさかジェイクがそんなことを言ってくれるなんて。その衝撃もゆっくりとジェイクが体を寄せる気も遠くなるような喜びにのみこまれてしまった。ジェイクはジェイミーの髪に指をからまし、動けなくしておいて熱いキスで唇を覆う。

「きみが欲しい……欲しい……欲しいとも」

ハスキーな声が耳もとに甘い。ジェイクは自制心を投げ捨て、欲望に駆りたてられるままにジェイミーを奪った。

驚いたことに、一瞬、痛みが走った。男性とのこういう関係から遠ざかっていたせいらしい。けれども、長いあいだ抑えつけられていたジェイクへの欲望はあまりにも強烈で、肉体は彼の荒れ狂うリズムにぴったりと合っている。そのままジェイミーは、ふたりだけしか存在しない世界へと連れ去られていった。

ぐったりとしたまま、ジェイミーはジェイクに抱かれてベッドまで運ばれた。彼が優しく布団をかけてくれたように思ったけれど……それも満ちたりた思いが生んだ幻だったのだろう。

いつしかジェイミーは夢を見ていた。ジェイクを失いそうになり、鋭く名前を呼んで、自分の声で目を覚ました。大きなベッドにひとりきりなのに気づいて、ぞくっと身を震わせる。

「ジェイミー、だいじょうぶか?」

ジェイクは暖炉に薪《まき》を足しているところだった。

「わたし……」いったいなぜ、ジェイクの裸体から目が離せないのだろう? ジェイミーは先ほどの自分の反応ぶりを思い出して、おちつかない思いで唇を湿す。「悪い夢を見たの」

ベッドに戻り、隣に体を横たえるまで、ジェイクを見守る。両腕に抱きとられたとたん、心臓がぴくっと跳ねた。

「さあ、もう一度眠りなさい」

子供を安心させるような抱擁だった。ジェイミーの頭を自分の肩に載せてくれる。身を引きたかったけれど、恥ずかしいことにそのままでいて、ジェイクのそばにいるという思いを心ゆくまで味わいたかった。疲れがジェイミーを襲い、目を閉じるとそのまま眠りに戻った。

けれども悪夢は去ってくれなかった。今度はジェイクの首筋のところで、胸を締めつけられるような絶望のすすり泣きをもらしたので、声は高くなかった。唇にジェイクの肌を感じて、はっとして目を覚ます。

「ジェイミー、どうしたんだ?」

眠っているものとばかり思っていたジェイクが静かにたずねる。でも、どうして答えられるだろう

――あなたを失う夢を見て、怯《おび》えて悲鳴をあげてしまったなどと。

絶望がジェイミーを襲う。ジェイクの腕の中でわずか二、三時間過ごしただけで、十八歳のころの自分に戻ったみたいに傷つきやすくなり、ジェイクの求めてもいない愛のとりこになってしまったなんて！

涙があふれ、ジェイクの肌を濡《ぬ》らす。彼はだしぬけに動いて片手でジェイミーの顔をとらえると、じっと目を見つめた。

「ぼくのせいで泣いてるのか？」あまりにも思いがけないへりくだった口調に、ジェイミーはまじまじとジェイクを見返すばかりだった。「必ずしもひどい結婚生活になるとはかぎらないさ。今夜だって、もうそのことは証明できたと思うんだ――ぼくらは相変わらず、肉体的には惹《ひ》かれ合っているんだから……」

ふいに、ジェイクは何かを思い出したように眉根を寄せる。

「さっき、ぼくがきみを抱いたとき、きみは体をこわばらせて悲鳴をあげたね。まるで、初めてきみを自分のものにしたときのように――あのときのきみはヴァージンだった」ことばを切り、じっとジェイミーを見つめる。「ぼくのあと、何人の男がいたんだ、ジェイミー？」

狂ったようにジェイミーは顔をそむける。ジェイクはただひとりの男性だっていうことに気づいたのかしら？　必死にジェイミーは自分を守る手段を探る。

「何人なんだ、ジェイミー？」

「覚えてないわ」

「嘘だ。ひとりもいなかった、そうだろう？」

どきっとして、一瞬、ジェイミーは口がきけなくなった。ジェイクの目に現れた思いを読んで、自分がいやになる――わたしを気の毒に思っているんだわ。あわれんでるのよ。

「わかったわよ。そのとおり、誰ひとりいなかったわ。でもね」ジェイミーは怒りにまかせて言いつのる。「うぬぼれないで、ジェイク。あなたに代わるひとが見つからなかったわけじゃなくて、また男にだまされるのがいやだったからよ――あなたにだまされたみたいに。あなたはわたしを男嫌いにしただけだもの」

長い沈黙が続き、緊張が高まる。ジェイクはのろのろと言った。

「そうなると、きみはぼくの与えるものだけで満足するしかないわけだ。そうだろう？」

ジェイクが抱擁しようとし、ジェイミーは逆らったものの、なんの役にも立たなかった。彼は力ずくではなく、巧みな唇と手の動きで欲望を引き出し、おとなしくさせてしまう。

官能的な愛撫はけだるさを誘った。唇で胸を撫《な》でられると、快楽が全身に広がっていく。手の動きは肌を過敏にし、官能のさざ波がしだいに押しよせてきた。

突然全身が熱くなる。肌は燃えるようで、汗が吹き出し、けだるさは消えて欲望が再び高まるとともに、ジェイミーはおちつきなく体をジェイクにすりよせていった。

ジェイクの喉が鳴る。ジェイミーの反応を喜んでいる野蛮な男性がいた。愛撫の手が下へと伸び、ジェイミーは身震いする。鋭い欲望に胃がきゅっと縮まる。

ジェイクが掛け布団をはねのけると、床に落ちてしまった。ジェイミーの体も野蛮な欲望に硬くなる。自分の感じていることをジェイクに伝えたいけれど、ことばが見つからなかった。

奇妙な感覚だった。以前には経験したことのない感じ——でも、昔はわたしは若くて何も知らず、喜んでジェイクの導くままに従い、彼の魔法のなすがままだったけれど。いま、わたしの体は自分の意思でジェイクを求めている。

ベッドに戻って抱いてほしい。それなのにジェイクはベッドの脚もとにひざまずいて、わたしの足を手に取り、親指でゆっくり指を撫でている。

ジェイミーはどうしようもなく愛撫に反応して体を震わせ、足の指を折り曲げる。ジェイクの表情は、暖炉の炎の影になって見えない——わたしがほかに愛人を持たなかったと認めたものだから得意になっていたけれど、それは男嫌いになっただけだと言って打ち消したはずなのに。

ジェイクの舌が膝の裏をなぞり、ジェイミーははっと息をのんで体を動かす。

喜びとも絶望ともつかぬ小さなうめきがジェイミーの口からもれた。このまま続けてほしい。以前もこんなふうにされたことはあったけれど、でも、そのときは、彼はわたしにも愛撫を返させてくれたのに。

欲望のさざ波が絶え間なくジェイミーを襲った。ジェイクはおなかに手を置いて、微妙な震えを確認している。ジェイクと触れ合うことができない欲求不満に、ジェイミーは緊張しきっていた。

「ぼくを欲しいと言ってごらん」

けっして冷静ではなく、興奮にこわばった声だった。一瞬、ジェイミーは否定したいと思った——自分自身に対しても。けれども、プライドより欲望のほうが強かった。それに、どう答えようと、体はすでにこたえていたのだから……。

「あなたが欲しいの」

体の奥底からしぼり出されたような声は喉を痛めつけ、思わず涙ぐみそうになる。鈍痛に似たみじめさが欲望を圧倒し、ジェイミーはふいに身震いした

——こんなわたしもジェイクもいや。わたしが苦々しげに言い返したせいで、ジェイクはわたしを罰しているんだわ。

ジェイミーは愛撫から逃れようと身をもがく。みじめさを引き裂くように、ジェイクが荒々しくベッドに引き戻した。彼には似つかわしくない、むき出しの感情のこもった声が続く。

「ぼくがきみを欲しいと思う半分にもなるまい」

彼の舌が、ジェイミーの敏感な肌に触れて、微妙に愛撫する。いっきに肺が空っぽになってしまったような感じがして、ジェイミーはあえいだ。だが、抗議しようとした声は鋭い快楽のすすり泣きに変わってしまった。

やめてほしい。全身をのみこもうとする湿った興奮から逃れたい。ジェイクの唇が送りこむうずくようなリズムを避けたい。が、それにも増して、ジェイクの愛撫が続くことを願い、狂おしい快楽に溶けてしまうことを願っているのだ。

ジェイクの手の中で、ジェイミーの心とはかかわりなく腰がよじれる。自分の耳にさえ聞きなれないハスキーな叫びが喉からはじける。体は快楽の源に向かって跳ね、弓なりにそった。

ジェイミーの反応が気に入ったように、ジェイクの唇はふいに熱くなって、容赦なく彼女を攻めたて、激しいリズムを血管に送りこむ。

ちりちりするような衝撃波とともに世界がはじけ、鋭い快楽の叫びとまじり合った。ついに官能は耐えがたいまでにふくれあがり、闇《やみ》がジェイミーを覆った。

再びゆっくりと胸への愛撫が始まる。やがて、信じられないことに、またもや欲望のうねりが盛りあがってくる。ジェイミーはジェイクのうなじに手をかけて、彼の頭を胸に押しつけた。

そのしぐさを待ちかねていたように、ジェイクはジェイミーの首筋に顔を埋めて激しくキスする。彼女の体はすぐさま反応して弓なりにそった。唇がジェイクの肩にぶつかると、熱い思いをこめて口づけする。

喉もとにジェイクの快楽のうめき声がした。彼は顔を上げ、ジェイミーの目をじっと見つめる。世界は止まり、ジェイクはジェイミーの目をとらえたまま、ゆっくり体を重ねた。

自分がこれほどまでにジェイクのものになることを願っていた事実に、ジェイミーはショックを受ける。肉体は満たされることを求めて、ジェイクの体に熱くまといついていくようだった。

「ぼくらふたりのあいだでは、こうなんだよ」ジェイクの体がジェイミーを満たす。「そして今度は、きみにほうり出させるつもりはないからね」

ジェイクの喉が何かに耐えているように、ごくんと動く。ジェイミーは舌先で喉仏のところに浮かぶ小さな汗の粒をすくった。とたんにジェイクの自制心が崩れ、荒々しくジェイミーの唇を奪う。

耳もとの聞きなれない荒々しい音がジェイクの苦しげな呼吸だと気づくまでに、何秒かかかった。ぐったりとなった彼の全体重がかかって胸がつぶれそうなのに、ジェイミーはジェイクにどいてほしくなかった。

両腕で抱きしめ、いつまでも放したくなかった。ジェイクの体が与えてくれる快楽のためだけではなかった。もっと深い、恐ろしいほどの喜びのせいだった。

ジェイクが動き、ジェイミーは口をつきそうになる抗議のことばをのみこむ。彼はジェイミーの熱い顔にかかった髪を払いのけてから、ふたりの体の上に布団をかけた。

ジェイクに抱かれたまま、ジェイミーは首筋に顔を埋め、彼の肌をそっと唇でなぞる。

「ぼくがこんなふうにさせられたのは、何年ぶりのことだと思う？」

ジェイクのくぐもった声に、ジェイミーは体をこわばらせた。ほかの女性と比べられたくもないし、〝A〟なんて評価をされたくもないわ。ジェイクの腕から逃れ、背中を向ける。

「ジェイミー？」

ジェイクの手がうなじに触れると、ジェイミーはぞくっとして、なお体を離した。

「わたし、疲れてるから眠りたいのよ、ジェイク。あなたはたしかにあなたの言いぶんを証明したわ」苦々しげに言いそえる。「だからって、あなたの自慢話まで聞かされる義理はないもの」

ジェイクも寝返りをうつのがわかり、ジェイミーは思いどおりになったことを知った。それなのに、愚かにも、彼の腕の中に戻りたくて胸がうずいた。ジェイクが大切にしてくれているという幻想を信じたままでいたい。

掛け布団の厚さも、ジェイミーの心に忍びこんだ氷のような冷たさを、溶かしてはくれなかった。

9

朝、目を覚ましてみると、ジェイクの姿はなかった。ジェイミーはうつぶせになった。千ものことばよりも雄弁に、生々しいイメージが浮かんできて責めたてる。

あなたはジェイクに体を許したじゃないの。それどころか、あなた自身が愛してほしいと望んだじゃないの。

ジェイミーはうめき、いっそう深く枕《まくら》に顔を埋《うず》めた。かすかに残る男性のにおいに体をこわばらせる。いつのまにか、ジェイクの眠っていたところまで動いていてきていたんだわ。

ああ、わたしの愚かさには、はてしがないのだろうか？　それにしても、新婚の夫はどこなの？　あんなにもはっきりと、容赦なく、ふたりの関係がどんなものか示した夫はどこにいるの？

よくもまあ、あんなにやすやすと、みんなをだませたものね。ベスもマークも母も、ジェイクをすばらしい男性だと思いこんでるわ。母なんかいつだってジェイクのことを、名誉を重んじる立派なひとだと言っている。

でも、どこを押せば立派だなんて言えるのかしら——ただ罰したいばかりに、相手の女性をわざと官能の奴隷に追いこむような男性なのに。

寝返りをうってあおむけになり、頭の後ろで両手を組む。山小屋のこんなふうに空っぽな感じからすると、ジェイクは出かけたのね。でも、わたし、悲しんだり、ほうり出されたと思ったりするものですか。

昨日の夜……ジェイミーは目をつぶり、ゆっくりと息をして呼吸を整えようとする。昨日の夜、ジェイクの愛撫《あいぶ》には、技巧だけでなく欲望もはっきり現れてたわ。

ジェイミーはおちつきなく身じろぎする。なぜ、ジェイクのために弁解しようとするの？　いいわ、それじゃ、彼がわたしを求めていたことは認めましょう。だからって、無理強いしたような親密さまで求めていいってことにはならないわ。

無理強いしたですって？　心の中で嘲笑《あざわら》う声をジェイミーは無視した。ああいう親密さは恋人同士のものよ——本当に愛し合っているふたりが分かち合うのにふさわしい、大切なものだわ。

自分の上品ぶりを嘲《あざけ》りながら、ジェイミーはベッドを出て、空気の冷たさにぶるっと震える。暖炉の火は消えていた。手早くシャワーを使い、コーデュロイのジーンズと厚手のセーターに着替える。

階下に下りると暖炉に火が入っていて、昨夜の夕食は片づけてあった。キッチンに入ってみると、コーヒーポットにジェイクのメモが立てかけてあった。

〈メイドには、きみを起こさないようにと言っておいた。朝食は冷蔵庫に入れてある。昼食のとき、ホテルのバーで落ち合うことにしよう〉

新婚の妻に残すにしては、ずいぶんあっさりしたメモね。ジェイミーはコーヒーをいれ、腕時計を見た——十一時過ぎだった。

昼の光の中で、ゲレンデも谷間の小さな村もはっきり見える。ジェイミーは居間を通りぬけ、玄関のドアを開けた。ありがたいことにホテルまではせいぜい六、七百メートルの距離だから、歩いても遠くはない。

コーヒーを飲み終えると、ブーツをはき、ホテルに向かって歩きはじめる。昨夜は暗くて見えなかったけれど、もみの林を縫う小道は気持がいい。奥まったところに、山小屋がいくつかずつかたまって建っていた。

谷間の向こう側は、どうやら初心者向きのゲレンデらしく、鮮やかな色のスキーウェアを着こんだひとびとでだいぶにぎわっている。ジェイクはリフトで、もっと上の難しいゲレンデに行ったに違いなかった。

きれいな黒髪の女性が温かい笑顔でバーの場所を教えてくれた。フロントに立ちよって土地の地図をもらうと、それには難易度を記したゲレンデが載っていた。

そろそろ十二時半なので、バーはほぼ満員だった。ジェイミーは飲み物を注文し、運よく空いたテーブルに着いた。客のほとんどは四人か六人のグループで来ているらしい。

小耳にはさんだ会話からも、ジェイクが話していたとおり、ここはスキー客主体のリゾートで、スキーのあとの楽しみが中心のスキー場ではないらしい。

毎年来てるひともずいぶんいるようだ。

テーブルからは入口がよく見えたので、ジェイミーはジェイクより先に彼に気づいた。黒のスキーウエアが引きしまったたくましい体を強調していて、ジェイミーの鼓動が速まる。

ジェイクがこちらを向く。早くもアルプスの太陽に焼けたようだ。ジェイミーは声をかけようとして同伴の女性に気づき、とたんに凍りついた。ワンダなんかと、どうしていっしょなの？

ふたりはいかにも昔なじみらしく、打ち解けて話している――いいえ、かつての恋人同士らしくだわ！　そのとき、ジェイクがジェイミーに気づき、彼女はこっそり逃げ出すこともできなくなってしまった。

ワンダを従えてジェイクが歩みよってくる。彼はテーブルまで来ると頭を下げ、ジェイミーのうなじに温かな手を回して、短く強くキスした。顔を上げ、にやっと笑う。

「ぼくの怠け者の花嫁にあいさつしてくれよ、ワンダ」

ジェイクが罪の意識どころか当惑さえ感じていないことのほうが、ほかの女性といっしょにいるという事実より、奇妙なことにジェイミーを傷つけた
――いいえ、ただの〝ほかの女性〟じゃないわ。昔、ジェイクはわたしを愛してはいないと、その理由まで言いに来た女性だ。ふたりはいつも示し合わせてスイスに来ていたのだろうか？　今日出会ったのは、ただの偶然なの？

ワンダが進み出る。前より年取って見え、わずかに警戒しているような笑みを浮かべていた。ジェイミーがはっきりと覚えている、あの温かみのない自信もなくしてしまったようだ。

「ジェイミー」

「今朝、リフトのところでばったりワンダと顔を合わせてね、昼食に招待したってわけさ」

ジェイクは椅子を引いてワンダを座らせ、ふたりに何を飲むかとたずねる。ジェイミーは首を横に振った、グラスにまだ半分も残っていたから。

「わたしもいらないわ」ワンダはおなかを叩《たた》いて、困ったような笑みを浮かべてみせた。「ここにいるジュニアは、アルコールが嫌いらしいの」

ワンダの薬指に金の結婚指輪が光った。ふたりの再会は、まったく罪のないものかもしれない。それともワンダは、巧妙にジェイミーの疑惑をそらそうとしているのかもしれない――なにしろ六年前、ためらいもなく、ジェイクはあなたなど愛していない、恋人はわたしよ、と言ってのけた女性だもの。

「そうか。ふたりとも飲み物はいらないのなら、食堂に移ろう」

ジェイクはふたりの女性を先に歩かせる。そのチャンスをとらえて、ジェイミーはクールな口調でそ

っとたずねた。

「ご主人もごいっしょ？」

「ギャヴィンは今朝、インスブルックに行かなきゃならなくなったのよ」元気のいい返事だった。「昨日の夜、ボスからメールが入って、大至急書類を取りに出かけたってわけなの。彼、大きな国際企業の法律部門に勤める弁護士なんだけど、緊急事態はしょっちゅうなのよ。ちゃんとした休暇だって、三年間の結婚生活でこれが初めて。それも、わたしがプレッシャーをかけてやっと実現したってわけなの。彼は特にスキーが好きというのでもないし」鼻にしわを寄せると、笑ってジェイクを振り返る。「ジェイクとはまるで違うわ。七年前のコルビエールでのファンタスティックな山スキー、覚えてる？」

ごくさりげない口調だったから、真相を知っていなければ、ただの親友同士の会話と聞こえたかもしれない。赤く燃える激しい嫉妬《しっと》がジェイミーをむしばむ。まがいものの微笑を口もとにはりつけたまま、ふたりがいろいろな山スキーの思い出話にふけるのに耳を傾けているしかなかった。

昼食のあいだじゅう、ワンダは文字どおり会話を独占したが、内容は、ジェイミーが異議を唱えるようなものではなかった。ジェイミーに沈黙を強いたのは、彼女自身の嫉妬と憤りだった。

胸の中の苦々しい思いはあまりにも大きすぎて、いかにも上機嫌なふたりの会話についていけない。ワンダの夫は、彼女とジェイクが昔恋人同士だったことを知っているのかしら？

昔ですって？　今もじゃないの？　ワンダを見れば、しだいに顔色もよくなり、満ちたりた笑みを浮かべているのがわかる。ジェイクはワンダと結婚しなかったことを後悔してるんじゃないのかしら？　チャンスはあったんだもの。

ワンダにはもう子供ができている——マークがあ

んなに欲しがっている孫だったかもしれないわけね。食堂に残っているのは三人だけになった。ワンダが腕時計を見てこぼす。

「まあ、こんな時間！　もう行かなくちゃ、ジェイク。ギャヴィンと村で三時に待ち合わせてるの。ねえ、今夜四人でいっしょに食事しない？」

ジェイクが立ちあがって椅子を引いた。

「ぼくは賛成だが……」

たずねるように見つめられては、ジェイミーとしても無理に微笑してみせるしかなかった。

「それじゃ、バーで落ち合いましょう、八時ごろがいいわ」ワンダが言った。「じゃ、またね」

ジェイクはコーヒーを飲んでいたが、ゆっくり飲みほしてから、冷ややかにたずねる。

「どうかしたのか？」

「別に」

われながら、反抗的な子供のような口のきき方で、うんざりしてしまう。

「ワンダ夫婦と夕食をいっしょにしたくないのなら、はっきりそう言わなくちゃ」

「わたしたち、ハネムーンなんだもの。ワンダこそ誘ったりしちゃいけなかったのよ」皮肉をこめて苦々しげに言う。「それとも彼女、あなたのことを気の毒に思ったのかしら――退屈してるに違いないって」

ジェイクがぐいっと眉を上げたのを見て、ジェイミーはどきっとする――気をつけないと、嫉妬していることを見破られてしまうわ。そうなると、嫉妬している理由までも。

「きみがそんなにふたりっきりになりたがっているとわかっていたら、ぼくだって招待を受けたりしなかったさ」皮肉な笑いが口もとをかすめる。「そのとおり。ぼくはただ、仲間がいたほうがきみも楽しいんじゃないかと思っただけだよ」

「あなたの昔のガールフレンドでも?」気をつけなければ。ジェイクがまた眉を上げたわ。「ワンダとわたしには共通の話題なんかないし、彼女のご主人にとっても退屈なんじゃないかしら——ただ座ったまま、あなたたちの思い出話を聞いてるなんて。そのひとが嫉妬深いタイプじゃなければいいけど」

「彼が嫉妬することなど何ひとつないさ。きみはいやにこだわるが、ワンダとぼくは友達以上の関係には一度もなったことがないんだから」

ジェイミーは歯を食いしばって、嘘《うそ》つきと叫びたい思いを抑えた。

「今夜の約束は取り消すってことづてを、フロントに残しておきたいかい?」

そのとおりよ、でも、そんなこと言うものですか。ジェイミーは肩をすくめた。

「気にしなくていいわ。山小屋にわたしたちだけでいるよりましでしょ」

ふいに、シャッターが下りたようにジェイクの表情がこわばり、仮面をかぶったようになった。ジェイクをよく知っていなかったら、ひどく傷ついたと思うところだ。

「きみの好きなように。ぼくだってきみを退屈させたくはないからね。もちろん、いつだって……」

昨日の夜、自分の腕の中では退屈してたとは言えないんじゃないか——そうほのめかすつもりなんだわ。ジェイミーはうろたえ、赤くなったり青くなったりしながら、あわてて切り返す。

「いつもいつもベッドの中で過ごすわけにはいかないわ」

「同感だな。それこそ退屈するよ。ぼくはただ、いつだって日中は別行動をとることもできると言おうとしただけさ。もし、ぼくといっしょにいることが、そんなに気が進まないのなら」

「いい思いつきかもしれないわね」頭がどうかなっ

てしまったのかしら？　そんなこと、絶対したくないくせに。でも、明らかに、ジェイクはそうしたがっている。「なんといっても、わたしはあなたほどスキー狂じゃないし、足手まといになるだけよ。ワンダとスキーに出かけたほうが、はるかに楽しいに決まってるわ」

ジェイクはだしぬけに立ちあがり、椅子を引っくり返しそうになった。ジェイミーの腕をつかまえて支え、からかうように耳もとで甘くささやく。

「謙遜《けんそん》がすぎるってものだぞ、ジェイミー——きみの自己評価はきびしすぎるな」

ジェイミーはそれ以上ジェイクのことばを待たず、腕を振りはらうと伝票の精算は彼にまかせてラウンジに出た。ホテルを出ようとしたところで、ジェイクが追いついた。

「いったい、どこに行くつもりなんだ？」

「村に下りて本を買ってくるのよ。そうすれば、あなたにつき合ってもらう必要もなくなるし。だから、どうぞ、あなたも何かほかのことをなさってちょうだい」

もう一度、ジェイクの手を振りはらう。彼のしかめっ面が怒りの表情に変わるのを見て、ジェイミーのほうは怒りがみじめさに変わっていった。ジェイクはくるりと背を向けると、リフトの方角に歩み去った。

結局、ジェイミーは村にも行かなかった。あまりにもみじめで、山小屋に帰ると暖炉の前の大きな椅子に丸くなった。

玄関のベルが鳴ったとき、ジェイミーは急いで飛び出した。でも、ジェイクではなくてワンダだった。ためらいがちで、ひどくおちつきがない。

「ジェイクはあなたが村に下りたって言ってたけど、明かりがついていたから、ひょっとしてあなたが帰ってるんじゃないかと思って、のぞいてみたの。ちょっと話していっていい、ジェイミー？」

「なんのお話？」どうしても声がこわばってしまう。「あなたとわたしの夫との関係かしら？　どうしたの？　ギャヴィンの前でわたしが爆弾を落とすんじゃないかって、心配してるわけ？」

驚いたことにワンダは真っ赤になって目をそらした。

「いいこと、ジェイミー、それも話しておきたいことのひとつなの」

ワンダは唇を噛《か》んで、おちつかないそぶりで肩越しに振り返った。また雪が降りはじめて、玄関の前に立っているのは寒い。ジェイミーはしぶしぶ言った。

「中にお入りになったほうがいいわ」

「ありがとう」

ワンダはジェイミーのあとから居間に入り、同じように椅子に腰を下ろした。

「お昼のとき、わたしに会っていやな思いをしたんじゃない？」

「まあ鋭い！」

「ジェイミー、あなたがわたしに好意を持つわけがないということくらいわかってるわ。でもね、わたし、どうしても昔ついた嘘をあなたに謝っておきたくて……。もちろん、いまではあなたとジェイクが事情をはっきりさせて、わたしが嘘をついていたことをあなたが知ってるのもわかってるわ——そして、あなたがあの一件をジェイクに話していないのも。でなかったら、ジェイクはわたしに口をきいてくれたかどうか。そのことでも、あなたにお礼を言いたかったのよ。

あなたはとっくに見当がついてるでしょうけれど、わたしが嘘をついたのは、気も狂いそうなくらいあなたに嫉妬してたからよ。わたし、何カ月もジェイクに恋していると思いこんでいて、自分にもチャンスがあると信じたかったんだけど……もちろんジェイクにとっては、わたしは友達以上の何者でもなかったわ。ジェイクがあなたといっしょにいるところを見て、わたし、彼の気持がはっきりわかったの。わが人生の最悪のときだった。だからって、嘘をついたことの言いわけにはならないけれど……。わたしね、少し頭がおかしくなってたに違いないの。ギャヴィンに話したら、それこそ、遅れてきた未成年の無分別としか言いようがないなって笑ってすませてくれたのよ。

あんなとんでもない行動に出たのも、本当のところは自分にチャンスがないとわかっていたからだと思うの。わたしが味わっているはずの幸せをあなたが楽しんでいるのを黙って見ていることはできなかった。そうなるともう、ジェイクが愛しているのはあなたで自分じゃないということなんか目に入らなくなってしまって。もしあなたがいなくなれば、ジェイクもわたしのほうを向いてくれるに違いないって、勝手に思いこんでしまったのね。運命もわたしに味方しているように思えたものだわ。わたしがジェイクにキスしてるときに、ちょうどあなたが入ってくるなんて。本当はあの日、わたしのほうから抱きついていったのよ、なんとかジェイクの興味を引こうとして。彼は紳士だから、ごく軽くわたしを押しのけただけだった。ついてたわ。本当に、若さってどうしようもないものね！

あなたが出ていったあと、自分がジェイクをどんな目に遭わせてしまったのかをこの目で見て、やっと真実に気がついたの。でも、わたし、怖くてとてもジェイクに告白なんかできなかった。こんなふうに自分に言って聞かせたことを覚えてるわ——もしジェイミーが本当にジェイクを愛していたのなら、わたしの嘘など信じるはずはないんだからって。あなたとジェイクが別れた二カ月後に、わたしはアメリカに渡って……ギャヴィンと出会ったの。彼はアメリカの会社との訴訟問題がこじれて滞在していたってわけ。あなたが出ていってから、わたしがジェイクと話すのは今度が初めて。あなたたちが結婚したって聞いて、わたし、自分の耳を疑ったわ。ほんとにほっとしたの——でも、あなたに会って、わたしの嫉妬から出た嘘のことだけは謝っておかなければいけないと思ったものだから……。今日もジェイクが話してたけど、彼にはあなたのほかには誰もいなかったんですって。でも、六年前に結婚しなくてよかったのかもしれないとも言っていたわね。

振り返ってみると、あなたは若すぎたから、大人になったとき、早々と家庭に縛りつけられたことで反感を持つようになったかもしれないからですって。ジェイクったら、あなたのことを話すとき、ちょっと照れくさそうになるのよ——男のひとってどんなふうか、わかるでしょ？　でもね、なんと言っても、あなたが出ていった直後のジェイクをわたしは知ってるから……」

ワンダはことばを切り、ぎこちない口調で言いそえる。

「あのね、今夜の食事のこと、あなたが取り消したかったら……」

「取り消すって？」ジェイミーはぼんやりと答える。

「あら、そんなこと——わたしたち、ふたりとも楽しみにしてるのよ」

「それじゃ、わたしのしたこと、許してくださるのね？　わたし、何度もあなたと連絡を取りたいと思ったものよ。とりわけギャヴィンと出会ってからは——でも、あなたの住所も知らなかったし、それに、正直なところ、自分のしたことに向き合うのも楽じゃなかったから……。自分の性質の中に、まったく魅力的とは言えない側面があると認めるのは、必ずしもたやすいことじゃないわ。いまはただ、そういう面はちゃんと自制できるようになっているのを願うばかりだわ」

ワンダが立ちあがり、ジェイミーは玄関まで送って出て、静かに言った。

「もうあのことは心配しないで……それから、会いに来てくださって、ありがとう」

ドアを閉めると、ジェイミーはのろのろと椅子のところまで戻った。体を沈め、目をつぶる――ワンダが嘘をついてたなんて。今日の話には、深い誠意が表れていたわ……。

ジェイクがわたしを愛してるですって？　わたしが愛しているのと同じ強さで愛してるんですって？　とても本当とは思えないわ。ジェイミーは立ちあがり、部屋を行ったり来たりしはじめた。

でも、そんなことは嘘よ。もしわたしを愛しているのなら、ジェイクはいまだっていっしょにいるはずだもの。彼がひとりでスキーをしてるということは、わたしがいなくても平気ということじゃないの？

だしぬけに電話のベルが鳴り、ジェイミーはぎょっとした。震える手で受話器を取り、ジェイクの声が聞こえてくるものと覚悟して体を硬くする。だが、母の声だった。

「マークが……」

まず震えながら、やっとそれだけ言う。

「マークのことで電話したんだけど、悪い知らせじゃなくていい知らせよ。あなたたちが結婚するちょっと前にまた検査を受けたんだけど、心配させたくないから黙っていたの。いま結果が出たんだけれど、お医者さまは意を強くしてらっしゃるわ。マークの回復状態から見て、この年末に出る新薬を使えば、ほとんどふつうのひとと変わらない生活を送れる可能性が充分あるんですって……」

どんなに安心し、どんなにうれしいか、ジェイミーがひとしきり話すのを聞いてから、母はジェイクのことをたずねた。

「あの……スキーに出かけてるんだけど」

「本当？　それじゃ、賭《かけ》はマークの負けね」母はくすくす笑った。「発《た》つ前にジェイクと賭をしていたのよ——ジェイクはこんなに長いあいだ待たされたんだから、あなたのそばから五分と離れていられないんじゃないかって。かわいそうなジェイク。あなたに対する気持のことで、この六年間、マークにずいぶんからかわれたのよ。あなたたちふたりのあいだで何があったか知らないけれど……あなたときたら、この話題には立入禁止よって露骨に態度で示してたから、わたしも一度もたずねなかったけれど……あなたたちがもとの鞘《さや》におさまることになって、とっても喜んでいるのよ」

「ママ、知ってたの……ジェイクとわたしのことを、昔から？　でも、どうやって？」

「だって、あなた、ジェイクにお熱だってことを隠そうともしなかったじゃない？　それにジェイクも、わたしとマークの前では認めてたの——自分の気持から言って、あなたの思いにつけこまないとは保証できないって。つまり、あなたが本当に望んでいるかどうかわからないのに、結婚に追いこんでしまうかもしれないってね。だからジェイクが電話してきて、わたしたちが休暇旅行から帰ってきたら婚約するつもりだって知らされたときは、マークもわたしもずいぶん心配したものなのよ。

あなたはとても若くて、人生経験を積んでるとはとても言えなかったから。でもジェイクは信じきってるみたいだったわ——あなたの気持は、ジェイクと同じくらいはっきり決まってるって。家に帰ってきて、あなたが家を出たことを知ったとき、わたしたちにはすぐわかったわ——あなたが考えなおしたんだって。気の毒なジェイク。しばらくのあいだは、二度と立ちなおれないんじゃないかと心配したくらいよ。マークだって、ごく最近までジェイクは一生結婚しないつもりじゃないかと考えてたくらいですもの」

「ジェイクがクリスマスに未来の花嫁を連れてくると約束するまでってこと?」

「いいえ、そうじゃないわ。あの約束は、ジェイクとマークのあいだの長年のジョークだもの。毎年、そう言って約束してたんだけど、それも、わたしたちに自分の気持は変わらないってことを、ジェイクなりに伝えてたんだと思うの。マークが希望を持ちはじめたのは、ジェイクが電話であなたをクリスマスに家に連れて帰るって言ったときからよ。あなたはあんなにジェイクを避けつづけてきたのに、事情が変わったんじゃないだろうかって」

「でも、マークはそんなこと、おくびにも出さなかったわ」

「もちろん、ジェイクにいやな思いをさせたくなかったからよ。忘れないでね、ダーリン――ジェイクみたいに傲慢《ごうまん》なほど男らしい男性にとっては、自分を求めてもいない女性にどうするすべもなく恋してることを認めるのは、とても難しいものなの。しかもジェイクは、わたしたちに対して、あなたへの気持をずいぶんはっきり見せてたんだもの。ジェイクがあなたへの気持を初めてわたしたちに話してくれたのは、あなたが十六になったばかりのときだったと思うわ。マークとわたし、ふたりともとても心配したのよ。

なんといってもジェイクは二十代だし人生経験も豊富だったわ。だから、家族の絆《きずな》を利用して、あなたがまだ成熟しきらないうちに深い関係を結びたいという誘惑に駆られやしないかって。ジェイク自身、その誘惑に気がついていたわ。ジェイクはわたしたちに対して何ひとつ隠そうとせず、正直だったたもの。だからこそ、あなたが家を出たとき、わたしはとてもジェイクが気の毒に思ったのよ」

「わたしはまた、マークが遺言で財産をわたしたちふたりに平等に遺《のこ》すつもりでいるせいで、ジェイクはわたしと結婚したいんだと思っていたわ」

「ジェイミー、ダーリン」ショックを受けた声だった。「よくもそんなふうに考えることができたものね？　それに、いまはあなたも知ってるでしょうけれど、ジェイクは母方から莫大《ばくだい》な遺産を受け継いでるのよ――マークが遺せるものよりはるかに多いわ。でも、すべてはもうすんだことなんだから。ありがたいことにね。わたしたち、ふたりとも事のなりゆきに大満足よ。正直に言って、六年前よりいまのほうが、あなたたちの結婚の条件は熟していると思うの。あなたも人生経験を積むチャンスがあったんだから、ジェイクと対等につき合えるでしょう。それにジェイクの性格の傲慢な側面も、頭にくることはあるけれどかわいくもあるわ。一度あなたを失ったことで少しは和らいだみたいだし……。

マークが昔ふうな男性優位をひけらかすのがしゃくにさわるたびに、わたしは思い出すようにしていたものよ――この裏側には、とても優しくて頼りになるひとがいるんだって。妻や家族のことより先に自分の欲望を置くなんてことを、夢にも考えたことのないひとがいるんだって。自分の気質を完全に変えられるひとなんか、ひとりもいないわ。和らげることができるだけ――ジェイクはその意味でもマークの息子よ。自分の女性を保護するのは男の義務だとして育てられたんだもの。もっとも、いまではジェイクも、女性にだって多少の自立は必要だとわかったでしょうけれど……」

なお数分間、おしゃべりは続いた。電話がすんだときには、すでに夕闇《ゆうやみ》が迫っていた。ジェイミーはもの思いに沈んだまま、暮れなずむ風景を見つめる。

母が嘘をつくはずがないから、本当なんだわ。

　ジェイクはわたしを愛している――ジェイミーはそのことばを味わい、その意味を吸収する。心が広がり、のびのびと華やかな人生が花開いていくようだった。

　また電話が鳴り、ジェイミーは反射的に受話器を取った。

「ジェイミー、ワンダよ。結局、今晩の約束はキャンセルするしかなくなったみたい。ギャヴィンがインスブルックを抜けられなくて、わたしも向こうに行って泊まることになりそう。でも、あなたが発《た》つ前に、一度ごいっしょしたいわね」

　奇妙なことに、ワンダへの反感が消えていた。本当のところは、そんなものが入る余地さえなかった。喜びがほかのすべてを消し去り、まるで酔ったように頭がぼうっとなっている。

　ジェイクがわたしを愛している。突然、人生はがらりと変わってしまった。ジェイクの悪意に満ちた残酷な態度だって、わたしと同じに、身を守るために偽装していた結果だと気づく。

　ジェイクはなんて言うかしら……。ふいに、ジェイミーは眉根を寄せた。面と向かって、あなたの気持がわかったと言えばすむほど単純な話ではないと気がついたからだ。

　ジェイクは否定するに決まっているわ――逆の立場だったら、わたしだって否定するもの。それどころか、わたしが愛していると告白しても、信じようとさえしないかもしれない。

　結婚はしたけれど、ジェイクから見れば自分が強制した結婚なのだし――それこそまさしく、わたしが婚約発表の日からずっとジェイクを責めてきた口実なんだもの。

　ぼんやり唇を噛みながら、いったいどうしたらいいかと思い悩んでいるうちに、ドアが開いてジェイクが入ってきた。

「遅くなってすまない」そっけない口調だった。

「スキー教師のひとりと話しこんでしまってね。オープンしたばかりのクロスカントリースキーのコースの話をしていた。一日行程で、いま、ガイドをつけられるだけの人数を集めようとしているんだが……」

「わたしには難しすぎるかしら?」

ジェイミーは昼食のあとでふたりがどんなふうに別れたかも忘れて、熱心にたずねる。ジェイクを抱きしめて、過去のことは許してほしいと言いたかった。が、ジェイクの表情を見たとたん、歩みよろうとした足も止まってしまう。

「演技過剰じゃないのか? 何もぼくのために、夫に夢中になってる妻の演技をする必要なんかないさ、ジェイミー。きみの気持なら、とっくにわかっている——実際、露骨に示してくれたからな。夕食に出かけるのなら、二階でシャワーを浴びてきたほうがよさそうだ」

「取りやめよ。ワンダから電話があって、ご主人がインスブルックを離れられなくなったから、ワンダも向こうに行くんですって。帰ってきたら改めてデートしたいって言ってたわ。ここで六年ぶりにワンダとあなたが出会ったなんて、本当にすごい偶然だったわね」

ジェイクは鋭い目でジェイミーを見返し、皮肉ではないとわかるとさらりと答える。

「そういうことになるだろうな。ぼくら、七年前に同じグループでここに来たんだよ。このホテルも建ったばかりだった。あのとき以来、ここでワンダに会ったことはなかった」

「そうでしょうね。ワンダの話だと、ここに来たのもご主人の仕事でなんですって。アメリカの会社と関係のある仕事らしいわ」

「いつ、きみにそんな話をしたんだ?」

「午後早くに、わたしに会いに来たのよ。ずいぶんおしゃべりしたわ」

これがきっかけになるかもしれない。ジェイミーは息を詰めた――なんの話をしたのかきいてほしい。けれどもジェイクは肩をすくめただけで、階段に向かった。

「先にバスルームを使っていいかい?」

がっかりして、ジェイミーはうなずく。シャワーの音が聞こえはじめてまもなく、電話がかかってきた。フロントの若い女性からで、夕食はホテルでとるか山小屋に運ばせるかたずねている。

ふたりっきりのほうがジェイクとじっくり話し合うチャンスがあるはずだ。ジェイミーはどちらも断ることにした――冷凍庫には調理ずみの料理がたくさん入っているもの。

ジェイクが自分の気持をちらりとでも見せるのは、ベッドで愛し合っているときだけだわ。ゆっくりと、ひとつの計画が形を成しはじめた。

バスルームのドアが開く音が聞こえ、ジェイミーが呼ぶと、ジェイクが階段の上に現れた。髪は濡《ぬ》れて頭にはりつき、タオルローブの襟もとから汗ばんだ肌がのぞいていた。

体が溶けそうな感じだ。この六年間、ジェイクへの欲望を抑えようと戦ってきたあげく、いまその欲望は抑えようもなく突きあげてくる。あまりの強烈さに、ジェイミーは目を伏せた。

「あの……わたし、今夜はここで食べたらどうかと思って。わたし、ちょっと疲れているし……」

「きみがそうしたければ、それでいいよ」

ジェイクはくるりと背を向けて寝室に戻っていった。ジェイミーはあとを追って二階に駆け上がり、寝室のドアを開く。ジェイクは驚いたように顔を上げた。

「わたしもシャワーを浴びて着替えようと思うの」

ジェイクの脇《わき》を通って新しい下着と部屋着を手に、バスルームのドアを開けて振り返る。「よかったら、飲み物をつくってくださる？」

「山小屋のバーには外国産のものなんかないぞ。何が欲しい？」

「ジントニックをお願い」

バスルームに入ると、ジェイクの使っているコロンの香りがかすかに漂っていた。ジェイミーはジャクージに歩みよって横に留めてある使用法を読む。別に難しいことはなさそうだった。

計画を実行に移すことは、体を動かしているかぎり大変ではなかった。が、一歩下がって渦巻風呂がいっぱいになっていくのを見ていると、さまざまな疑問が襲いかかってくる。

もし計画に失敗したら？ もし、結局はジェイクにわたしへの愛がないとわかったら？ そして、ここで勇気をなくしたせいで残りの人生を台無しにすることになったら、どうするの？

きっぱりと疑いを押しのけ、気泡発生装置を作動させる。服を脱ぎ、髪をピンでアップにする。明かりが強すぎるのでメインスイッチを消すと、柔らかな反射光だけが残った。

八角形の浴槽にはそれぞれに座る場所があったから、ジェイミーはドアに向き合う席に座った。ジェイクが階段を上ってくる足音が聞こえたとたん、心臓が狂ったように打ちはじめる。

「飲み物を持ってきたよ。どこに……」

ドアを開けて言いかけたまま、ジェイクはまじまじとジェイミーを見つめる。

「あら、どうもありがとう。ここに持ってきてくださる？ お願いよ、ジェイク」

彼が歩みよると、ジェイミーは上体をわずかに起こした。そうすれば胸の上半分が見えることを承知の上で。ジェイクはジェイミーが伸ばした手にグラスを手渡す。

「せっかくあるんだから、ジャクージを試してみようかと思って」

そっとジェイクをうかがうと、彼はじっと観察していた。

「なかなかいいわよ。あなたもつき合わない？」

おだやかな噴流のために両脚が水平に浮かんでいる。ジェイミーはわざと、のんびりとくつろいだようすをしてみせながら、自分の足の指を見つめる。いま拒まれたら、いったいどうしたらいいか、見当もつかなかった。

生まれてから一度も、自分から男性に性的な誘いをかけたことはない。いま初めて夫に対してやってみると、なんとも妙な感じで、とても自分がしていることとは思えなかった。

ジェイクはひとことも言わない。お酒を飲みながらそっとうかがってみると、荒々しい息遣いでいることがわかった。手首をつかまれ、一瞬、引きずり出されるのではと怯《おび》えてしまう。

「自分が何をしているか、わかってるのか？」

「ちゃんとわかってるわ」

静かに答えてジェイクの目を見つめる。彼はジェイミーを見つめたまま、服を脱ぎ、浴槽の反対側に入った。

「ここにおいで」

本能と感情の命じるままに、ジェイミーはジェイクの前にひざまずいて、両手を彼の膝に置いた。

「ジェイミー……」

なぜそんなことをするかときかれたくなくて、ジェイミーは衝動のままに言った。

「キスして、ジェイク」

上体を前に傾け、両腕をジェイクの首に巻いて体を寄せる。胸がジェイクの胸にそっと触れ、ジェイミーは首筋に唇を寄せて軽く噛んだ。

「ジェイミー……」

驚きのこもった声とともに、ジェイクの両手が愛撫を始める。ジェイミーは唇で耳をなぞり、顎をたどって、舌先をじらすように唇の上に滑らせる。

ジェイクがうめき、震えるのがわかった。抱きしめようとする腕からするりと逃れて、ジェイミーはそっと笑いながら、両手をゆっくり彼の体に這《は》わせる。ジェイクはまたぶるっと震え、ジェイミーをつかまえて引きよせた。

「ジェイミー、いったいこれは……」

ジェイミーはゆっくり体を寄せて、ジェイクの体にしなやかにこすりつける。ジェイクははっと息をのみ、ジェイミーは自分の愛撫が与えた効果に、女らしい誇りを抱いた。

「ベッドに連れていって、ジェイク」

ジェイクはさっと立ちあがってジェイミーを抱いた。ふたりとも体が濡れたままだったが、そんなことは気にならなかった。

自分がリードしているのだからと思い、そうしつづけるつもりだった。少なくともジェイクの抵抗を弱めて自分の話に耳を傾けさせることができるところまでは。

ベッドに横たえられると、ジェイミーはジェイクをつかまえてキスし、両手で彼を愛撫しながら舌で唇をなぞった。

「ジェイミー」

ジェイクの手が胸を覆う。ハスキーな欲望の叫びは、ジェイミーの唇にキスしながら消えた。愛撫の手の下でジェイクの肌が熱い。激しいキスが続くあいだ、ジェイミーは目的を忘れていた。心も体も快く彼のなすがままになり、力が抜けていく――でも、欲望に圧倒されるわけにはいかなかった、いまはまだ。

ジェイクが顔を上げると、ジェイミーはそっと彼をベッドに押し倒し、唇を胸に押しつける。それから、ゆっくりと唇を滑らしながら、しだいに下へとずらしていった。

ジェイミーは身をそらし、頭では拒もうとする行為を求めてしまう。自分の愛を示すために始めた行為が、ジェイクに劣らずジェイミーをも興奮させていった。

ジェイクが体を反転させて重ねてくると、ジェイミーは狂おしいほどの快楽に思わず声をあげた。ジェイクに抱きつき、もどかしい思いで彼のキスにこたえる……。

快楽の高みから、ジェイミーは漂いながら現実に戻った。横になって、両腕をジェイクの体に巻きつけたままだ。頬に彼の激しい鼓動を感じ、耳に荒々しい息遣いを聞く。

満ちたりた思いで、ジェイミーはジェイクの胸に手を載せ、指先でじらすように愛撫する。彼がうめき声をあげるのを聞いて、ジェイミーの顔にかすかな笑みが浮かんだ。

「驚いたな。きみってすごいんだな、ジェイミー！

何事が起きたんだい？」

「わからないって言うの？」

ジェイミーは頭をもたげ、目を大きく見開いてジェイクの顔をのぞきこむ。彼の目からからかうような光が消え、じっと観察する目に変わった。そして、そっとたずねる。

「いまのはどういうことか、きいていいかい？」

わからないふりをするつもりはなかった。結局のところ、これこそ求めていたものなのだから――ジェイクの腕に抱かれ、心は満ちたりた愛にくつろぐ。いまはジェイクのガードも弱まっているから、少なくとも心を通わそうと試みることならできそうだった。

「ただ、どんなにあなたを愛しているか、見せてあげたかっただけ」

思ったとおり、ジェイクは全身をこわばらせる。ジェイミーを押しのけ、怒りに満ちた目で冷ややかににらみつける。

「いったいなんのゲームをしているのか、ぼくにはまるでわからないな」

「なぜ、わたしがゲームをしてるって思うの?」

「なぜって? よくもぼくにそんなことがきけるものだな。六年前、きみはぼくを愛していると言っておきながら、出ていってしまった。代わりにキャリアを求めていることがわかったと言い張ってね。あれ以来、きみはぼくを疫病神みたいに避けてきた。現に今日だって……」

「わたし、嘘をついてたのよ、ジェイク」

認めなければならない事の大きさに、ジェイミーの勇気がくじけそうになる。とてもジェイクの目を見てはいられなかった。

「わたし、いつだってあなたを愛してたわ……それなのに逃げ出したのは、あなたはわたしを愛していないと思ったからなの。あなたがわたしと結婚するのは……あの、あなたのお父さまの遺言書のせいだと思ったの」

「なんだって?」

ジェイクは上体を起こし、ジェイミーも引き起こして、ひざまずいた彼女を揺すぶる。

「そんなことを思うなんて……いったい、なんのせいで、そんなクレイジーな考えを思いついたんだ?」

「なんのせいというのじゃなくて、誰かのせいよ、ジェイク。何もかもワンダに吹きこまれたことだったの」

口ごもりながら、ジェイミーはワンダの話を伝える。そして、どうして真実がわかったかということ。

「いったいなんだって、ぼくにひとことも言わなかった？　なぜ、ぼくよりワンダを信じたんだ？　ぼくはきみが愛している相手だったんだぞ」

「ジェイク、わたしは十八だったのよ。それも、ひどくうぶだったわ。きっとわたしの一部は、あなたがわたしを愛しているってことを、本当のところは信じていなかったんだと思うの。わたしが心から崇拝しているこんなすばらしいひとが、現実に自分が求めているほど強くわたしを求めているなんて、信じられなかったのね」

ジェイクの目から怒りが消えるのがわかった。顔がわずかに青ざめている。

「きみの首を締めてしまいたいよ、きみがぼくらふたりに味わわせた思いを考えるとね。たとえぼくらが失った歳月のことには触れないにしても、そうして当然だとも……。だけどいま、ぼくにできるのはこうすることだけだ」

激しいキスだった。男性の支配に屈することを求めるような……。ジェイミーがやっと顔を上げると、ジェイクは心の痛みと自嘲《じちょう》のないまぜになった口調で言った。

「ぼくは何年も、きみの気持が変わるのを待っていたんだぞ。きみがロンドンに飽き、キャリアに飽きるのをね。最初はきみのあとを追うことさえできなかった――万一きみを怖がらせて、もっと遠くへ逃げ出させることになりはしないかと、それが恐ろしいばかりにだ。この六年間、ぼくはきみへの思いを執念のように持ちつづけた。ほかの相手を見つけるべきだと自分に言い聞かせても、そんなことはできはしなかった――ほかの女性には肉体的な欲望さえわかないんだからね。きみへの思いでわれとわが身を引き裂いてきたんだぞ。それがいまになって、きみはそんな思いなど不必要だったと言う。何もかも誰かの嘘のせいだったなんて言うんだからな」

「ジェイク、結局はこうなるのがいちばんよかったのかもしれないのよ。十八歳のわたしはひどくうぶで未熟だった。けっしてあなたと対等にはなれなかった。あなただってきっと、まもなく小娘の相手には飽きたと思うわ」

「まさか、ワンダに感謝しろって言うんじゃあるまい？」

「それじゃアマンダのことはどうなの？　あなた、断固としてアマンダと結婚する決心をしてたみたいね」

「それはきみの早合点だったんだ。ぼくはただ筋書きどおりゲームをしていただけさ――きみに嫉妬させるためにね」

「でもアマンダは……」

「アマンダの父親は相当の圧力をかけてきたがね、義理の息子になってほしいとほのめかして。そこでぼくは、いちばんたやすく最も苦痛の少ない方法でストップをかけようと決めたのさ――アマンダを怖がらせて、父親にぼくは自分の夫としては考えられないと言わせるつもりだった。思いもよらなかったのは、アマンダがまっすぐきみのところに助けを求めて駆けこんだことさ。それともきみは本気で信じたのか――ぼくが生涯の伴侶《はんりょ》としてきみ以外の女性を求めているって」

ハスキーな声で言いながら、顔を寄せてくる。ジェイミーは、そんなジェイクをきっぱりと押し戻した。

「それだけでは、わたしをわなにはめて結婚に追いつめた説明にならないわ」

「ああ、その件か。ぼくがアマンダと結婚するつもりだと思いこんだのはきみだよ。ぼくはただ、それを一歩進めただけさ。きみがそんなにもぼくを結婚させたがっているのなら、ぼくだって勝手に花嫁を決めようと決心したのさ。きみを説得するのがあれほどたやすかったとは、少々驚いたことは認めるがね。昨日の夜は、その理由がわかったと思った――きみの性的な反応と、ほかに男などいないという告白だ。そのことから、ぼくをただ欲求不満の解消のために利用しているだけだと思ったのさ」

「あなたはわたしを怯えさせ、傷つきやすくさせるのに、どうしてそんなことができて？　わたしはあなたを心から愛しているのに、あなたは愛してもくれないのよ」

「きみを愛してもいないだって？」ジェイクはうめくように言った。「きみに触れるたびに、ぼくは自分の気持を抑えきれなかったのに、それに気がつかないなんて盲目でなきゃおかしいよ。ぼくは三十二歳だが、あんなふうに燃えあがらせることができるのはきみだけなんだぞ。ぼくらの幸福がどんなにかぼそい偶然の糸にかかっているかを考えると、怖いくらいだった。もっとも、初めからきみが昨日の夜のようにぼくの愛撫に反応しつづけていたら、自分の気持を告白せずに長いあいだ持ちこたえられたかどうか疑わしいな。昨日の夜だってなんとか黙っていられたのは、きみを怯えさせて、また逃げ出されるのが怖かったからなんだよ……。そういえば、まだ心配の種がひとつ残っているんだけどな」

「まあ」

「うん。いったいどこできみは学んだんだろうね、あんなに巧みに誘惑するすべを？」

ジェイミーは声をあげて笑い、からかうように言った。

「ああ、そのこと？　それは、こういうわけよ――わたしはいつだって最高のお手本から学ぶことにしてるの。そしてわたしには、こんな夫がいるんですもの」

ジェイミーは顔を寄せて、耳もとで誘うようにささやいた。ジェイクはジェイミーを両腕に抱き、甘い声でつぶやく。

「なるほど。そんなに熱心な生徒だというなら……」

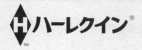

ハーレクイン・ロマンス　1988年4月刊（R-597）

あなたしか知らない
2024年11月5日発行

著　　者	ペニー・ジョーダン
訳　　者	富田美智子（とみた　みちこ）
発 行 人	鈴木幸辰
発 行 所	株式会社ハーパーコリンズ・ジャパン 東京都千代田区大手町 1-5-1 電話 04-2951-2000（注文） 0570-008091（読者ｻｰﾋﾞｽ係）
印刷・製本	大日本印刷株式会社 東京都新宿区市谷加賀町 1-1-1
装 丁 者	高岡直子
表紙写真	© Millafedotova, Sven Hansche, Mayalain, Tomert, Philip Steury, Subbotina ｜ Dreamstime.com

ISBN978-4-596-71455-8 C0297

11月13日発売

ハーレクイン・シリーズ 11月20日刊

ハーレクイン・ロマンス
愛の激しさを知る

愛なき夫と記憶なき妻 〈億万長者と運命の花嫁Ⅰ〉	ジャッキー・アシェンデン／中野　恵 訳	R-3921
午前二時からのシンデレラ 《純潔のシンデレラ》	ルーシー・キング／悠木美桜 訳	R-3922
億万長者の無垢な薔薇 《伝説の名作選》	メイシー・イエーツ／中　由美子 訳	R-3923
天使と悪魔の結婚 《伝説の名作選》	ジャクリーン・バード／東　圭子 訳	R-3924

ハーレクイン・イマージュ
ピュアな思いに満たされる

富豪と無垢と三つの宝物	キャット・キャントレル／堺谷ますみ 訳	I-2827
愛されない花嫁 《至福の名作選》	ケイト・ヒューイット／氏家真智子 訳	I-2828

ハーレクイン・マスターピース
世界に愛された作家たち
～永久不滅の銘作コレクション～

魅惑のドクター 《ベティ・ニールズ・コレクション》	ベティ・ニールズ／庭植奈穂子 訳	MP-106

ハーレクイン・プレゼンツ作家シリーズ別冊
魅惑のテーマが光る
極上セレクション

罠にかかったシンデレラ	サラ・モーガン／真咲理央 訳	PB-397

ハーレクイン・スペシャル・アンソロジー
小さな愛のドラマを花束にして…

聖なる夜に願う恋 《スター作家傑作選》	ベティ・ニールズ 他／松本果蓮 他 訳	HPA-64

文庫サイズ作品のご案内

◆ハーレクイン文庫・・・・・・・・・・・・・・毎月1日刊行
◆ハーレクインSP文庫・・・・・・・・・・・毎月15日刊行
◆mirabooks・・・・・・・・・・・・・・・・・・毎月15日刊行

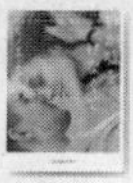

※文庫コーナーでお求めください。

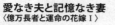